高等学校十一五规划教材

化工原理实验

赫文秀　王亚雄　主编

化学工业出版社

·北京·

本书从化学工程学科发展对相关实验提出的要求出发，重新构造教学内容框架，突出现代化学工程从单元技术研究向以化学产品为对象的综合技术研究转变的特点。着重讲述化工原理实验基础知识，实验误差的估算与分析和常用化工物理量如压力差、流量、温度等的测定方法。本书实验部分包括离心泵特性曲线的测定、管道流体阻力的测定、固体流态化流动特性的测定、传热实验、填料精馏塔理论塔板数的测定、填料塔性能及吸收实验、萃取实验、干燥实验、化工流动过程综合实验、恒压过滤常数的测定、传热综合实验、精馏实验、干燥速率曲线测定实验、萃取塔实验。本书注重教学内容的改革，增添了综合性实验，如传热综合实验、化工流动过程综合实验等。

　　本书可作为高等学校化工、化学、环境、生物等专业的实验教材，也可作为过程工程等领域科研和继续教育的参考资料。

图书在版编目（CIP）数据

化工原理实验/赫文秀，王亚雄主编. —北京：化学工业出版社，2010.6
高等学校十一五规划教材
ISBN 978-7-122-08473-6

Ⅰ. 化… Ⅱ. ①赫…②王… Ⅲ. 化工原理-实验-高等学校-教材 Ⅳ. TQ02-33

中国版本图书馆 CIP 数据核字（2010）第 080607 号

责任编辑：徐雅妮　丁友成　　　　　　　　文字编辑：林　丹
责任校对：蒋　宇　　　　　　　　　　　　装帧设计：史利平

出版发行：化学工业出版社（北京市东城区青年湖南街 13 号　邮政编码 100011）
印　　装：三河市延风印装厂
787mm×1092mm　1/16　印张 7　字数 173 千字　2010 年 7 月北京第 1 版第 1 次印刷

购书咨询：010-64518888（传真：010-64519686）　售后服务：010-64518899
网　　址：http://www.cip.com.cn
凡购买本书，如有缺损质量问题，本社销售中心负责调换。

定　　价：15.00 元　　　　　　　　　　　　　　　版权所有　违者必究

前　言

近年来，实验装置的不断发展及测试手段和仪器仪表的升级呼唤着教材内容的更新；另一方面，面向 21 世纪的人才培养目标对实验教学提出了更高的要求，所以加强学生素质、能力培养，尤其是创新能力的培养是编写本书的初衷。

化工原理实验作为化工类创新人才培养过程中重要的实践环节，在化工教育中起着重要的作用，它具有直观性、实践性、综合性和创新性，而且还能培养学生一丝不苟、严谨的工作作风和实事求是的工作态度。因此，本书以培养实验研究过程中所需的各种能力和素质为目的，以强化创新能力为重点，对化工原理实验进行了相应的改革，更新了实验内容。更新后的实验主要是符合"素质教育"所需要的综合型、研究型、设计型实验，同时实验设备也达到了国内领先水平。

本书作为化工原理实验的指导书，其具有如下特点：①将实验研究过程中所需要的各种能力，通过不同的实验来培养，而工作作风和态度的培养则贯穿于每个实验环节；②实验内容通过必做与选做的结合，来达到因材施教的目的；③实验内容尽可能接近工厂实际，以训练工程能力。

本书由赫文秀、王亚雄主编，各章执笔者分别为：第 1 章、第 2 章、实验 1～10 赫文秀；第 3 章、实验 11、实验 12 王亚雄；实验 13 郎中敏；实验 14 李玉生。郎中敏和李玉生还负责全书的插图和部分文字的录入工作。

由于编者水平有限，时间仓促，书中难免有不妥之处，恳切希望读者批评指正。

编者
2010 年 2 月

目　录

第1章 化工原理实验基础知识

1.1 化工原理实验守则

① 遵守纪律，不迟到不早退，在实验室内保持安静，不大声喧哗，遵守实验室的一切规章制度，听从教师安排与指导，实验室不准会客。

② 实验前认真充分预习实验相关内容，做好预习报告，经教师提问通过后，方可参加实验。实验时要仔细观察，如实并及时记录实验现象及有关数据，实验后做好实验报告。

③ 实验时要严格遵守仪器、设备、电路的操作规程，不得擅自变更，正确地组装仪器，操作前须经教师检查同意后方可接通电路和开车，仪器设备发生故障严禁擅自处理，应立即报告教师，确保实验室财产与人身安全。

④ 爱护仪器设备，如有损坏应及时报告指导教师，说明情况，办理报损或赔偿。

⑤ 按规定适量取用实验试剂，水、电、气要节约使用，不得浪费。

⑥ 保持环境整洁，废物、废液不得乱丢乱倒，应放到指定位置。

⑦ 实验室里的仪器、试剂不得私自带出实验室。

⑧ 实验完毕，记录数据须经教师审查签字。做好清洁工作，恢复仪器设备原状，关好门窗，检查水、电、气源是否关好后，方可离开实验室。

1.2 化工原理实验的教学目的和要求

1.2.1 化工原理实验的教学目的

按照实验教学大纲的基本要求，根据以往的教学实践，针对学生普遍存在的实践薄弱环节，在内容编排上，本书从以下几个方面进行了考虑。

（1）巩固和深化课堂所学的理论

根据全国高校化工原理实验教学目标的规定，从实验目的、实验原理、装置流程、数据处理等方面，组织各单元操作的实验内容。这样，通过实验可进一步学习、掌握和运用学过的基础理论，进一步理解一些比较典型的已被或将被广泛应用的化工过程与设备的原理和操作，巩固和深化所学的理论知识。例如气体吸收实验，首先，改变吸收剂用量，可以测得一组反映吸收剂用量对吸收操作影响的曲线；其次，改变混合气体处理量，可以测得一组反映混合气体处理量对吸收操作影响的曲线；再改变混合气体组成，可以测得改变混合气体组成的一系列实验数据。通过实验，使学生进一步了解吸收操作的基本流程、操作方法和各种影响因素，帮助学生理解书本上比较难弄懂的传质系数、传质推动力和阻力，传质单元高度和传质单元数等概念。

（2）培养基本的实验和科研能力

对于化工专业来说，化工原理实验之前有物理、化学、物化等基础实验，其后有专业实验和毕业论文环节，从教学角度，应按纵向来培养和逐步提高学生的实验和科研能力。实验和科研能力主要包括：①为了完成一定的研究课题，设计实验方案的能力；②实验过程中，观察和分析实验现象的能力；③正确选择和使用测量仪表的能力；④利用实验的原始数据进行数据处理，以获得实验结果的能力；⑤运用文字、图表完成实验报告的能力。这些能力是科学研究的基础，而化工原理实验往往规模较大，接近工程实际，是多因子影响的综合实验。学生只有通过一定数量的实验训练，才能掌握各种实验技能，为将来从事科学研究和解决工程实际问题打好坚实的基础。

（3）培养严肃认真的科学作风

通过误差分析及数据整理，使学生严肃对待取样、参数测量等各个环节，注意观察实验中的各种现象，运用所学的理论去分析实验装置、结构、操作等对测量结果的影响，严格遵守操作规程，集中精力进行观察、记录和思考。掌握数据处理方法，分析误差的性质和影响程度。培养学生严肃认真的学习态度和实事求是的科学态度，为将来从事科学研究和解决工程实践问题打好基础。

（4）丰富化学工程的实际知识

在化工、轻工等工业生产和实验研究中，经常测量的物理量有温度、压力、流量等，保证测量值达到所要求的精度，涉及测量技术问题。增加常用测试仪器的基本原理和使用方法，丰富学生的实践知识。此外，化学工程类实验不同于普通化学实验，为了安全、成功地完成实验，除每个实验的特殊要求外，学生必须遵守注意事项和具备一定的安全知识，如泵、风机的启动，高压钢瓶的安全，化学药品和气体的使用和防护措施等。

总之，化工原理实验教学的目的是着重实践原理和解决实际问题能力的培养，这种能力的培养是课堂教学所无法替代的。

1.2.2　化工原理实验的教学要求

化工原理实验包括：①实验前的预习；②实验操作；③实验数据测定、记录与处理；④实验报告编写等四个主要环节。化工原理实验对于理工科学生来说，是第一次接触到用工程装置进行实验，学生往往感到陌生，无法下手。有的学生又因为是几个人一组而有依赖心理，为了切实收到教学效果，各个环节的具体要求如下。

1.2.2.1　实验前的预习

要满足达到实验目的中所提出的要求，仅靠实验原理部分是不够的，必须做到以下几点。

① 认真阅读实验教材，复习课程教材有关内容。清楚地掌握实验项目要求，实验所依据的原理，实验步骤及所需测量的参数。熟悉实验所用测量仪表的使用方法，掌握其操作规程和安全注意事项。应试图对每个实验提出问题，带着问题到实验室现场预习。

② 到实验室现场熟悉实验设备和流程，摸清测试点和控制点位置。确定操作程序、所测参数项目、所测参数单位及所测数据点如何分布等。

③ 在用到 CAI——计算机辅助教学手段时，可让学生进行计算机仿真练习。通过计算机仿真练习，熟悉各个实验的操作步骤和注意事项，以增强实验效果。

④ 在预习和计算机仿真练习基础上，写出实验预习报告。预习报告内容包括实验目的、原理、流程、操作步骤、注意事项等。准备好原始数据记录表格，并标明各参数的单位。

⑤ 特别要考虑一下设备的哪些部分或操作中哪个步骤会产生危险，如何防护，以保证实验过程中的人身和设备安全。不预习者不准做实验。预习报告经指导教师检查通过后方可进行实验。

1.2.2.2　实验操作

一般以 3～4 人为一小组合作进行实验，实验开始前，小组成员应根据分工的不同，明确要求，以便实验中协调工作。并且要在适当的时候进行轮换工作，这样既能保证质量，又能获得全面的训练。

① 设备启动前必须检查、调整设备进入启动状态然后再进行送电、通水或气等启动操作。如对泵、风机、压缩机、真空泵等设备，启动前先用手扳动联轴节，看能否正常转动；检查设备、管道上各个阀门的开、闭状态是否合乎流程要求。

② 实验操作是动手动脑的重要过程，一定要严格按照操作规程进行。操作过程中设备及仪表有异常情况时，应立即按停车步骤停车并报告指导教师，对问题的处理应了解其全过程，这是分析问题和处理问题的极好机会。安排好测量范围、测量点数目、测量点的疏密等。

③ 实验进行过程中，操作要平稳、认真、细心。操作过程中应随时观测仪表指示值的变动，确保操作过程在稳定条件下进行。详细观察所发生的各种现象，例如精馏实验筛板塔的气液流动状态变化等，记录在记录本上，这样有助于对过程的分析和理解。对实验的数据要判别其合理性，如果遇到实验数据重复性差或规律性差等情况，应首先分析实验中的问题，找出原因进行解决，不要轻易放过。实验数据要记录在备好的表格内。

④ 停车前应先后将有关气源、水源、电源关闭，然后切断电机电源，并将各阀门恢复至实验前所处的位置（开或关）。

1.2.2.3　实验数据的测定、记录与处理

（1）确定要测定哪些数据

凡是和实验数据有关或是整理数据时必需的参数都应一一测定。原始数据记录表的设计应在实验前完成。演示数据应包括工作介质性质、操作条件、设备几何尺寸及大气条件等。并不是所有数据都要直接测定，凡是可以根据某一参数可以推导出或根据某一参数由手册可以查出的数据，就不必直接测定。例如水的黏度、密度等物理性质，一般只要测出水温后即可查出，因此不必测出水的黏度、密度，而应该改测水的温度。

（2）实验数据的分割

一般来说，实验时要测的数据尽管有许多个，但常常选择其中的一个数据作为自变量来控制，而把其他受其影响或控制的数据作为因变量，如离心泵特性曲线就把流量作为自变量，而把其他同流量有关的扬程、轴功率、效率作为因变量。实验的结果又往往要把这些所测的数据标绘在各种坐标系上，为了使所测数据在坐标系上得到分布均匀的曲线，这里就涉及实验数据均匀分割的问题。化工原理实验最常用的有两种坐标纸：直角坐标纸和双对数坐标纸。坐标不同，所采用的分割方法也不同。其分割值与实验预定的测定次数以及其最大、最小的控制量 x_{max}、x_{min} 之间的关系如下：

① 对于直角坐标系：$x_1 = x_{min}$　　　$\Delta x = \dfrac{x_{max} - x_{min}}{n-1}$　　　$\Delta x_{i+1} = x_i + \Delta x$

② 对于双对数坐标：$x_1 = x_{min}$　　　$\lg \Delta x = \dfrac{\lg x_{max} - \lg x_{min}}{n-1}$

$$\Delta x = \left(\frac{x_{max}}{x_{min}}\right)^{\frac{1}{n-1}} \qquad \Delta x_{i+1} = x_i \Delta x$$

（3）读数与记录

实验数据的记录应仔细认真、整齐清楚。学生应注意培养自己严谨的科学作风，培养成良好的习惯。

① 对稳定的操作过程，在改变操作条件后，一定要等待达到新的稳定状态，方可读取数据。如何判断是否已达到稳定？一般是经两次测定其读数应相同或十分相近，对于连续的

不稳定操作，要在实验前充分熟悉方法并计划好记录的位置或时刻等，否则易造成实验结果无规则甚至反常。

② 同一操作条件下，不同数据最好是数人同时读取，若操作者同时兼读几个数据时，应尽可能动作敏捷。

③ 每次读数都应与其他有关数据及前一点数据对照，看看相互关系是否合理。如不合理应查找原因，是现象反常还是读错了数据，并要在记录上注明。

④ 记录数据应直接读取原始数据，不要经过计算后再记录，例如 U 形管压差计的两端液柱高度差，应分别读取记录，不应读取或记录液柱的差值。

⑤ 根据测量仪表的精度，正确读取有效数字，最后一位是带有读数误差的估计值，在测量时应进行估计，便于对系统进行合理的误差分析。

⑥ 碰到有些参数在读数过程中波动较大，首先设法减小其波动。在波动不能完全消除情况下，可取波动的最高点与最低点两个数据，对可疑数据，除有明显原因外（如读错、误记等），一般应在数据处理时检查处理。

⑦ 记录数据应书写清楚，字迹工整。记错的数字应划掉，避免涂改的方法，容易造成误读或看不清。要注意保存原始数据，以便检查核对。

⑧ 记录完毕要仔细检查一遍，有无漏记或记错之处，特别要注意仪表上的计量单位。实验完毕整理好原始数据，需将原始数据记录表格交指导教师检查并签字，认为准确无误后方可结束实验。实验结束后将实验设备和仪表恢复原状，切断电源，清扫卫生，经教师允许后方可离开实验室。

（4）读数的整理及处理

① 原始记录只可进行整理，绝不可以随便修改。经判断确实为过失误差造成的不正确数据，需注明后可以剔除不计入结果。

② 采用列表法整理数据清晰明了，便于比较。一张正式实验报告一般要有四种表格：原始数据记录表、中间运算表、综合结果表和结果误差分析表。中间运算之后应附有计算示例，以说明各项之间的关系。

③ 运算中巧用参数分解法与参数综合法，可减少不必要的繁琐计算，提高运算速度，减少计算错误。例如计算填料层高度 z 时，可根据对过程的分析，将反映设备特性、操作条件的影响因素分别用传质单元高度 H_{OG} 和传质单元数 N_{OG} 来表示。

$$z = \frac{V}{K_Y a \Omega} \int_{Y_2}^{Y_1} \frac{dY}{Y - Y^*} = H_{OG} N_{OG} \tag{1-1}$$

式中 Ω——填料塔横截面积。

再如计算传质单元高度 H_{OG} 时

$$H_{OG} = \frac{V}{K_Y a \Omega} \tag{1-2}$$

式中总传质系数 K_Y 和填料的有效比表面积 a 都需要进行测定，且 a 的数值很难直接测定，故可将二者作为一个完整的物理量来测定，使测定过程大为简化。

流体阻力实验，计算 Re 和 λ 值，可按以下方法进行。例如：Re 的计算

$$Re = \frac{d \rho u}{\mu} \tag{1-3}$$

式中，d、μ、ρ 在水温不变或变化甚小时可视为常数，合并为 $A = \frac{d \rho}{\mu}$ 故有

$$Re = Au \tag{1-3'}$$

A 的值确定后，改变 u 值可算出 Re 值。

又例如，管内摩擦系数 λ 值的计算，由直管阻力计算公式

$$\Delta p = \lambda \frac{l}{d} \times \frac{\rho u^2}{2} \tag{1-4}$$

得

$$\lambda = \frac{d}{l} \times \frac{2}{\rho} \times \frac{\Delta p}{u^2} = B' \frac{\Delta p}{u^2} \tag{1-4'}$$

式中常数

$$B' = \frac{d}{l} \times \frac{2}{\rho}$$

又实验中流体压降 Δp，用 U 形压差计读数 R 测定，则

$$\Delta p = gR(\rho_0 - \rho) = B'' R \tag{1-5}$$

式中常数

$$B'' = g(\rho_0 - \rho)$$

将 Δp 代入上式整理为

$$\lambda = B' B'' \frac{R}{u^2} = B \frac{R}{u^2} \tag{1-5'}$$

式中常数

$$B = \frac{d}{l} \times \frac{2g(\rho_0 - \rho)}{\rho}$$

仅有变量 R 和 u，这样 λ 的计算非常方便。

④ 实验结果及结论用列表法、图示法或回归分析法来说明都可以，但均需标明实验条件。

1.2.2.4　实验报告编写

实验报告是对实验进行的全面总结，实验报告是一份技术文件，是技术部门对实验结果进行评估的文字资料。实验报告必须写得简明、数据完整、结论明确，有讨论、有分析，得出的结论或图线得有明确的使用条件。编写实验报告的能力也要求经过严格的训练，为今后写好研究报告和科学论文打下基础，因此要求学生各自独立完成这项工作。化工原理实验具有显著的工程性，属于工程技术科学的范畴，它研究的对象是复杂的实际问题和工程问题，因此化工原理的实验报告可以按传统实验报告格式或小论文格式编写。

（1）传统实验报告的格式

实验报告内容包括以下方面。

① 实验时间、报告人、同组人等。

② 实验名称、实验目的与要求等。

③ 实验的基本原理。

④ 实验装置简介、流程图及主要设备的类型和规格。

⑤ 实验操作步骤。

⑥ 实验注意事项。

⑦ 原始数据记录。

⑧ 实验数据处理。实验数据处理就是把实验数据通过归纳、计算等方法整理出一定关系（或结论）的过程。应有计算过程举例，即以一组数据为例从头到尾把计算过程一步一步写清楚。

⑨ 将实验结果用图示法、列表法或方程表示方法进行归纳，得出结论。表格要易于显示数据的变化规律及参数的相关性；图要能直观的表达变量间的相互关系。

⑩ 对实验结果及问题进行讨论。实验结果的分析与讨论是作者理论水平的具体体现，也是对实验方法和结果进行综合分析研究，是工程实验报告的重要内容之一，主要内容包括：从理论上对实验所得结果进行分析和解释，说明其必然性；对实验中的异常现象进行分析讨论，说明影响实验的主要因素；分析误差的大小和原因，指示出改善实验结果的途径；

将实验结果与前人和他人的结果对比，说明结果的异同，并解释这种异同；说明本实验结果在生产实践中的价值和意义，预测推广和应用效果等；就实验结果提出进一步的研究方向或对实验方法及装置提出改进建议等。

（2）小论文格式

科学论文有其特定的写作格式，其构成包括以下部分：标题、作者、单位、中英文摘要及关键词、前言、正文、结论（或结果讨论）、致谢、参考文献。

① 标题　标题又叫题目，它是论文的总纲，是文献检索的依据，是全篇文章的实质与精华，也是引导读者判断是否阅读该文的一个依据，因此要求标题能准确地反映论文的中心内容。

② 作者和单位　署名作者只限于那些选定研究课题和制定研究方案，直接参加全部和主要研究工作，做出主要贡献并了解论文报告的全部内容，能对全部内容负责解答的人。工作单位写在作者名下。

③ 摘要　撰写摘要的目的是让读者一目了然本文研究了什么问题，用什么方法，得到什么结果，这些结果有什么重要意义，是对论文内容不加注释和评论的概括性陈述，是全文的高度浓缩，一般是文章完成后，最后提炼出来的。一般几十个字至 300 字为宜。

④ 关键词　关键词是论文中起关键作用的、最能说明问题的、代表论文特征的或最有意义的词语，便于检索的需要。可选 3～8 个关键词。

⑤ 前言　前言又称引言、导言、序言等，是论文主体部分的开端。前言贵在言简意赅，条理清晰，不与摘要雷同。比较短的论文只要一小段文字作简要说明，则不用"前言"或"引言"两字。前言一般包括以下几项内容。

研究背景和目的：说明从事该项研究的理由，其目的与背景是密不可分的，便于读者去领会作者的思路，从而准确地领会文章的实质。

研究范围：指研究所涉及的范围或所取得的适用范围。

相关领域里前人的工作和知识空白：实事求是地交代前人已做过的工作或是前人并未涉及的问题，前人工作中有什么不足并简述其原因。

研究方法：指研究采用的实验方法或实验途径。前言中只提及方法的名称即可，无须展开细述。

预想结果和意义：扼要提出本文将要解决什么问题以及这些问题有什么意义。

⑥ 正文部分　这是论文的核心部分。这一部分的形式主要根据作者意图和文章内容决定，不可能也不应该规定一个统一的形式。以实验为研究手段的论文或技术报告，包括以下几部分。

a. 实验原材料及其制备方法。

b. 实验所用设备、装备和仪器等。

c. 实验方法和过程。说明实验所采用的是什么方法，实验过程是如何进行的，操作上应注意什么问题。要突出重点，只写关键步骤。如果是采用前人或他人的方法，只写出方法的名称即可；如果是自己设计的新方法，则应写得详细些。在此说明本文的研究工作过程，包括理论分析和实验过程，可根据论文内容分成若干个标题来叙述其演变过程或分析结论，每个标题的中心内容也是本文的主要结果之一。或者说整个文章有一个中心论点，每个标题是它的分论点，它是从不同角度、不同层次支持、证明中心论点的一些观点。

⑦ 实验结果与分析讨论　这部分内容是论文的重点，是论文赖以产生的基础。需对数据处理的实验结果进一步加以整理，从中选出最能反映事物本质的数据或现象，并将其制成便于分析讨论的图或表。分析是指从理论上对实验所得的结果加以解释，阐明自己的新发现

或新见解。写这部分时应注意以下几个问题。

a. 选取数据时，必须严肃认真，实事求是。选取数据要从必要性和充分性两方面去考虑，绝不可以随意取舍，更不能伪造数据。对于异常数据，不要轻易删掉，要反复验证，查明是因工作差错造成的，或事情本来就如此，或是意外现象。

b. 对图和表，要精心设计、制作，图要直接表达变量间的关系，表要易于显示数据的变化规律及参数的相关性。

c. 分析问题时必须以实事为基础，以理论为依据。

总之，在结果与分析中既要包含所取得的结果，还要说明结果的可信度、再现性和误差，以及理论和分析结果的比较，经验公式的建立，尚存在的问题等。

⑧ 结论 结论是论文在分析和计算结果中分析和归纳的观点，它是以结果和讨论为前提，经过严密的逻辑推理做出的最后判断，是整个过程的结晶，是全篇论文的精髓。据此可以看出研究成果的水平。

⑨ 致谢 致谢主要是为了表示尊重所有合作者的劳动，致谢对象包括除作者之外的所有对研究工作和论文写作有贡献、有帮助的人，如指导过论文写作的专家、教授；帮助搜索和整理资料的人员；对研究工作和论文写作提过建议的人等。

⑩ 参考文献 参考文献反映作者的科学态度和研究工作的依据，也反映作者对文献掌握的广度和深度，可提示读者查阅原始文献，同时也表示作者对他人成果的尊重。一般来说，前言部分所列的文献都应与主题有关；在方法部分，常需应用一定的文献与之比较；在讨论部分，要将自己的结果与有关的同行进行比较，这种比较都要以别人的原始出版物为基础。对引用的文献按其在论文中出现的顺序，用阿拉伯数字连续编码，并顺序排列。

被引用的文献为期刊论文的单篇文献时，著录格式为：析出文献主要责任者. 析出文献题名［文献类型标志］：连续出版物题名：其他题名信息，年，卷（期）：页码. 被引用的文献为图书、科技报告等整本文献时，著录格式为：主要责任者. 题名：其他题名信息［文献类型标志］. 其他责任者. 版本项. 出版地：出版者，本版年：引文页码. 其他出版物可参照科技论文参考文献引用格式，这里不再一一列举。

⑪ 附录 附录是在论文末尾作为正文主体的补充项目，并不是必需的。对于某些数量较大的重要原始数据、篇幅过大不便于作正文的材料、对专业同行有参考价值的资料等可作为附录，放在论文的最后（参考文献之后）。

⑫外文摘要 对于正式发表的论文，有些刊物要求有外文摘要。通常是将中文标题（Topic）、作者（Auther）、摘要（Abstract）及关键词（Key words）译为英文。排放位置因刊物而异。

用论文形式撰写"化工原理实验"的实验报告，可极大地提高学生写作能力、综合应用知识能力和科研能力。可作为学生今后撰写毕业论文和工作后撰写学术论文打下坚实的基础，是一种培养综合素质和能力的重要手段，应提倡这种形式的实验报告。但无论何种形式的实验报告，均应体现出它的学术性、科学性、理论性、规范性、创造性和探索性。论文和参考文献的格式，具体可参考国家标准 GB/T 7713—1987《科学技术报告、学位论文和学术论文的编号格式》、GB/T 7713.1—2006《学位论文编写规则》、GB/T 7713.3—2009《科技报告编写规则》和 GB/T 7714—2005《文后参考文献著录规则》。

实验报告必须力求简明、书写工整、文字流畅、数据齐全、结论明确。图形图表必须用直尺、曲线板绘制，并由计算机进行数据处理。

报告应在指定时间交给指导老师批阅。

1.3 化工实验操作基本知识

化工实验与一般化学实验比较起来，有共同点，也有其本身的特殊性。为了安全成功地完成实验，除了每个实验的特殊要求外，在这里提出一些化工实验中必须遵守的注意事项和一些必须具备的安全知识。

1.3.1 化工实验注意事项

（1）设备启动前必须检查的事项

① 泵、风机、压缩机、电机等转动设备，用手使其运转，从感觉及声响上判别有无异常；检查润滑油位是否正常。

② 设备上阀门的开、关状态。

③ 接入设备的仪表开、关状态。

④ 拥有的安全措施，如防护罩、绝缘垫、隔热层等。

（2）仪器仪表使用前必须做到的事项

① 熟悉原理与结构。

② 掌握连接方法与操作步骤。

③ 分清量程范围，掌握正确的读数方法。

④ 接入电路前必须经教师检查。

（3）操作过程中应做到的事项

注意分工配合，严守自己的岗位，精心操作。关心和注意实验的进行，随时观察仪表指示值的变动，保证操作过程在稳定的条件下进行。产生不合规律的现象时要及时观察研究，分析原因，不要轻易放过。

（4）异常情况处理

操作过程设备及仪表发生问题应立即按停车步骤停车，报告指导教师。同时应自己分析原因供教师参考。未经教师同意不得自行处理。在教师处理问题时，学生应了解其过程，这是学习分析问题与处理问题的好机会。

（5）实验结束应做到的事项

实验结束时应先将有关的热源、水源、气源、仪表的阀门关闭，然后再切断电机电源。

（6）提高实验安全防范意识

化工实验要特别注意安全。实验前要搞清楚总水闸、电闸、气源阀门的位置和灭火器材的安放地点。

1.3.2 化工实验安全知识

为了确保设备和人身安全，从事化工原理实验的人员必须具备以下安全知识。

1.3.2.1 危险药品分类

实验室常用的危险品必须合理地分类存放。易燃物品不能与氧化剂放在一起，以免发生着火燃烧的事故。对不同的危险药品，在为扑救火灾选择灭火剂时，必须针对药品进行选用，否则不仅不能取得预期效果，反而会引起其他的危险。例如，着火处有金属钾、钠存放时，不能用水灭火，否则会使火灾蔓延；若着火处有氰化钾，则不能使用泡沫灭火剂，因为灭火剂中的酸与氰化钾反应生成剧毒的氰化氢。因此，了解危险品性质与分类十分必要。危险药品大致分为下列几种类型。

（1）爆炸品

本类化学品指在外界作用下（如受热、受压、撞击等），能发生剧烈的化学反应，瞬时产生大量的气体和热量，使周围压力急剧上升，发生爆炸，对周围环境造成破坏的物品，也包括无整体爆炸危险，但具有燃烧、抛射及较小爆炸危险的物品。

常见的爆炸性物品有硝酸铵（硝铵炸药的主要成分）、重氮盐、三硝基甲苯（TNT）和其他含有三个硝基以上的有机化合物等。这类化合物对热和机械作用（研磨、撞击等）很敏感，爆炸威力都很强，特别是干燥的爆炸物爆炸时威力更强。

（2）压缩气体和液化气体

本类化学品系指压缩、液化后压力溶解的气体，并符合下述两种情况之一者。

① 临界温度低于50℃，或在50℃时，其蒸气压力大于294kPa的压缩后液化气体。

② 温度在21.1℃时，气体的绝对压力大于275kPa，或在54.4℃时，气体的绝对压力大于715kPa的压缩气体；或在37.8℃时，雷德蒸气压力大于275kPa的液化气体或加压溶解的气体。

该类物品有三种：①可燃性气体（氢、乙炔、甲烷、煤气等）；②助燃性气体（氧、氯等）；③不燃性气体（氮、二氧化碳等）。该类物品的使用和操作有一定要求，有关内容在安全使用压缩气体一节中专门介绍。

（3）易燃液体

本类化学品系指易燃的液体、液体混合物或含有易燃物质的液体，但不包括由于其危险特性已列入其他类别的液体。其实验闪点等于或低于61℃。

易燃液体在有机化工实验室内大量接触，容易挥发和燃烧，达到一定浓度遇明火即着火。如在密闭容器内着火，甚至会造成容器超压破裂而爆炸。易燃液体的蒸气一般比空气重，当它们在空气中挥发时，常常在低处或地面上漂浮。因此，存放这种物品时必须严禁明火、远离电热设备和其他热源，更不能同其他危险品放在一起，以免引起更大的危险。

（4）易燃固体、自燃物品和遇湿易燃物品

易燃固体系指燃点低，对热、撞击、摩擦敏感，易被外部火源点燃，燃烧迅速，并可能散发出有毒烟雾或有毒气体的固体，但不包括已列入爆炸品的物品。自燃物品系指自燃点低，在空气中易发生氧化反应，放出大量的热，而自行燃烧的物品。遇湿易燃品系指遇水或受潮时，发生剧烈化学反应，放出大量的易燃气体和热量的物品。有的不需明火，即能燃烧或爆炸。

松香、石蜡、硫、镁粉、铝粉等都属于易燃固体。它们不自燃，但易燃。燃烧速度一般较快。这类固体若以粉尘悬浮物形式分散在空气中，达到一定浓度时，遇有明火就可能发生爆炸。带油污的废纸、废橡胶、硝化纤维、黄磷等，都属于自燃性物品。它们在空气中能因逐渐氧化而自燃，如果热量不能及时散失，温度会逐渐升高到该物品的燃点，发生燃烧。因此，对这类自燃性废弃物，不要在实验室堆放，应当及时清除，以防意外。钾、钠、钙等轻金属遇水时能产生氢和大量的热，以致发生爆炸。电石遇水产生乙炔和大量的热，即使冷却有时也能着火，甚至会引起爆炸。

（5）氧化剂和有机过氧化物

氧化剂系指处于高氧化态，具有强氧化性，易分解并放出氧和热量的物质。包括含有过氧基的无机物，其本身不一定可燃，但能导致可燃物的燃烧，与松软的粉末状可燃物能组成爆炸性混合物，对热、震动或摩擦较敏感。有机过氧化物系分子组成中含有过氧基的有机物，其本身易燃易爆，极易分解，对热、震动或摩擦极为敏感。

氧化物包括高氯酸盐、氯酸盐、次氯酸盐、过氧化物、过硫酸盐、高锰酸盐、铬酸盐及重铬酸盐、硝酸盐、溴酸盐、碘酸盐、亚硝酸盐等。它们本身一般不能燃烧，但在受热、受光直射或与其他药品（酸、水等）作用时，能产生氧，起助燃作用并造成猛烈燃烧。如过氧化钠与水作用，反应剧烈并能引起猛烈燃烧。其他强氧化剂遇见还原剂或与有机药品混合后，能因受热、摩擦、撞击发生爆炸。如氯酸钾和硫混合可因撞击而爆炸；过氯酸镁是很好的干燥剂，若被干燥的气流中存在烃类蒸气时，其吸附烃类后就有爆炸危险。有机过氧化物包括过氧乙酸、过氧化甲乙酮等，都具有较强的氧化性，容易燃烧和爆炸。通常，人们对过氧化剂和有机过氧化物的危险性认识不足，这常常是发生事故的原因之一，必须予以足够的重视。

（6）有毒品

本类化学品系指进入肌体后，累积达到一定的量，能与体液和器官组织发生生物化学作用或生物物理学作用，扰乱或破坏肌体的正常生理功能，引起某些器官和系统暂时性或持久性的病理改变，甚至危及生命的物品。经口摄取，半数致死量固体 $LD_{50} \leqslant 500mg/kg$，液体 $LD_{50} \leqslant 2000mg/kg$；经皮肤接触24h，半数致死量 $LD_{50} \leqslant 1000mg/kg$；粉尘、烟雾剂蒸气吸入，半数致死量固体或液体 $LD_{50} \leqslant 10mg/kg$。

中毒途径有误服、吸入呼吸道或皮肤被沾染等。其中有的蒸气有毒，如汞；有的固体或液体有毒，如钡盐、农药。根据毒品对人身的危害程度分为剧毒、致癌、高毒、中毒、低毒等类别。使用这类物质应十分注意，以防止中毒。实验室所用毒品应有专人管理，建立购买、保存与使用档案，剧毒品的使用档案管理，还必须符合国家规定的五双条件：即两人管理，两人发放，两人运输，两把锁，两人使用。

（7）放射性物品

本类化学品系指放射性比活度大于 $7.4 \times 10^4 Bq/kg$ 的物品。

这类物品有硝酸钍、夜光粉等。放射性物品的储存、使用场所必须设置防护措施。其入口处必须设置放射性标志和必要的防护安全联锁、报警装备或工作信号。放射性物品不得与易燃、易爆、腐蚀性的物品放在一起，其储存场所必须有防火、防盗、防泄漏的安全防护措施，并指定专人保管。储存、领取、使用、归还放射性物品时必须先登记、检查、做到账物相符。

（8）腐蚀品

本类化学品系指能灼伤人体组织并对金属等物品造成损坏的固体或液体。与皮肤接触在4h内出现可见坏死现象，或温度在55℃时，对20号钢的表面均匀腐蚀率超过 $6.25mm/a$ 的固体或液体。

这类物品有强酸、强碱，如硫酸、盐酸、硝酸、氢氟酸、苯酚氢氧化钾、氢氧化钠等。他们对皮肤和衣物都有腐蚀作用。特别是在浓度和温度都较高的情况下，作用更甚。使用中防止与人体（特别是眼睛）和衣物直接接触。灭火时也要考虑是否有这类物质存在，以便采取适当措施。

（9）麻醉药品

麻醉药品是指有国际禁毒公约和我国法律法规所规定管制的，连续使用易产生身体和精神依赖性，能形成瘾癖的药品。麻醉药品包括：阿片类、可卡因类、大麻类、合成麻醉药类及卫生部指定的其他易成瘾癖的药品、药用原植物及其制剂。麻醉药品的供应必须根据医疗、教学和科研的需要，有计划地进行，必须专人保管。储存、领取、使用、归还麻醉药品时必须登记、检查、做到账物相符。

（10）易制毒化学品

易制毒化学品是指用于非法生产、制造或合成毒品的原料、配剂等化学物品，包括用以制造的原料前体、试剂、溶剂及稀释剂、添加剂等。易制毒化学品本身并不是毒品。但其具有双重性，易制毒化学品既是一般医药、化工的工业原料，又是生产、制造或合成毒品必不可少的化学品。根据2005年《易制毒化学品管理条例》的规定，有1-苯基-2-丙酮、苯乙酸、甲苯等三类共 23 种易制毒化学品被列为管制。

易制毒化学品实行分类管理。使用、储存易制毒化学品的单位必须建立、健全易制毒化学品的安全管理制度；使用、储存易制毒化学品时，单位负责人负责制定易制毒化学品安全使用的操作规程，明确安全使用注意事项，并督促严格按照规定操作；教学负责人、项目负责人对本组的易制毒化学品的使用安全负直接责任。落实保管责任制，责任到人，实行两人管理。管理人员需报公安部门备案。管理人员调动，须经部门主管批准，做好交接工作，并备案。

1.3.2.2　危险药品的安全使用

实验用的有毒药品必须按规定手续领用与保管。剧毒品要登记在册，并有专人管理。使用后的废液必须妥善处理，不允许倒入下水道和酸罐中。凡是产生有害气体的实验操作，必须在通风橱内进行。但应注意不使有毒品洒落在实验台或地面上，一旦洒落必须彻底清理干净。

绝不允许实验室内任何容器做食具，也不准在实验室内吃食物，实验完毕必须多次洗手，确保人身安全。具有污染性质的化学药品不能与一般化学试剂放在一起。有污染性物质的操作必须在规定的防护装置内进行。违反规程造成他人的人身伤害应负法律责任。实验室内防毒防污染的操作往往离不开防毒面具，防护罩及其他的工具，在此不一一介绍。

对于易燃易爆药品应根据实验的需要量和按照规定数量领取。不能在实验场所存放大量该类物品。存放易燃品应严禁明火，远离热源，避免日光直射。有条件的实验室应设专用储放室或存放柜。

危险性物品在实验前应结合实验具体情况，制定安全操作规程。在蒸馏易燃液体、有机物品或在高压釜内进行液相反应时，加料的数量绝不允许超过容器容积的 2/3，在加热和操作过程中，操作人员不得离岗，不允许无操作人员监视下加热，对沸点低的有机物品蒸馏时，不应直接使用明火加热，也不能加热过快，致使急剧汽化而冲开瓶塞，引起火灾或爆炸。进行这类实验操作人员，必须熟悉实验室灭火器材存放地点及使用方法。

在化工实验中，往往被人们所忽视的毒物，是压差计的水银，如果操作不慎，压差计水银可能被冲洒出来。水银是一种累积性的毒物，水银进入人体不易被排除，累积多了就会中毒。因此，一方面装置中竭力避免采用水银；另一方面要谨慎操作，开关阀门要缓慢，防止冲走压力计中的水银。操作过程要小心，不要碰破压力计。一旦水银冲洒出来，一定要认真地尽可能地将它收集起来。实在无法收集的细粒，也要用硫黄粉和氯化铁溶液覆盖。因为细粒水银蒸发面积大，易于蒸发汽化，不要采用用扫帚扫或用水冲等自欺欺人的办法。

1.3.2.3　易燃物品的安全使用

各种易燃液体、有机化合物蒸气和易燃气体在空气中含量达到一定浓度时，就能与空气构成爆炸性的混合气体。这种混合气体若遇到明火就发生闪燃爆炸。任何一种可燃气体在空气中构成爆炸性混合气体时，该气体所占的最低体积百分比称爆炸下限；该气体所占的最高体积比称爆炸上限。在下限和上限之间称爆炸范围。低于爆炸下限和高于爆炸上限的可燃气体和空气混合不会发生爆炸。体积比超过上限的混合气体与空气混合后会发生燃烧但不会发生爆炸。例如甲苯蒸气在空气中的浓度为 1.2%～7.1% 时就形成爆炸性的混合气体。在这个温度范围遇明火即发生爆炸。低于 1.2%，高于 7.1% 都不会发生爆炸。

当某些可燃性气体或蒸气遇到空气混合进行燃烧时，也可能突然发生爆炸。这是由于在空气中所占的体积比逐渐升高或降低，浓度达到爆炸限以内所致。反之，爆炸性的混合气体由于成分的变化也可以从爆炸限内逐渐变至爆炸限范围以外，成为非爆炸性气体。

这类具有爆炸性的气体在使用时应倍加重视，但也并不可怕。若能认真而严格地按照安全规程操作，是不会有危险的。因为构成爆炸性应具备两个条件：①可燃物在空气中的浓度落在爆炸限范围内；②有点火源存在。故防止方法就是不使浓度进入爆炸极限以内。在配气时必须严格控制，使用可燃气体时，必须在系统中用氮气吹扫空气，同时还必须保持装置严密不漏气，实验室必须保持良好的通风，并禁止室内有明火或敞开式的电热设备，也不能让室内有产生火花的必要条件存在等。此外，应注意某些剧烈的放热反应操作，避免引起自燃或爆炸。总之，只要严格控制掌握和遵守有关安全操作规程就不会发生事故。

1.3.3 高压钢瓶的安全使用

在化工实验中，另一类需要引起特别注意的东西，就是各种高压气体。化工实验中所用的气体种类较多，一类是具有刺激性的气体，如氨、二氧化硫等，这类气体的泄露一般容易被发觉。另一类是无色无味，但有毒性或易燃、易爆的气体，如一氧化碳等，不仅易中毒，在室温下空气中的爆炸范围为 $12\% \sim 74\%$。当气体和空气的混合物在爆炸范围内，只要有火花等诱发，就会立即爆炸。氢在室温下空气中的爆炸范围为 $4\% \sim 75.2\%$（体积分数）。因此使用有毒或易燃易爆气体时，系统一定要严密不漏，尾气要导出室外，并注意室内通风。高压钢瓶（又称气瓶）是一种储存各种压缩气体或液化气体的高压容器。钢瓶容积一般为 $40 \sim 60L$，最高工作压力为 $15MPa$，最低的也在 $0.6MPa$ 以上。瓶内压力很高，储存的气体本身有些又是有毒或易燃易爆，故使用气瓶一定要掌握气瓶构造特点和安全知识，以确保安全。

气瓶主要由筒体和瓶阀构成，其他附件还有保护瓶阀的安全帽、开启瓶阀的手轮、使运输过程减少震动的橡胶圈。另外，在使用时瓶阀出口还要连接减压阀和压力表。标准高压气瓶按国家标准制造，并经有关部门严格检验方可使用。各种气瓶使用过程中，还必须定期送有关部门进行水压试验。经检验合格的气瓶，在瓶肩上用钢印打上下列资料：①制造厂家；②制造日期；③气瓶型号和编号；④气瓶重量；⑤气瓶容积；⑥工作压力；⑦水压试验压力、水压试验日期和下次试验日期。

各类气瓶的表面都应涂上一定的颜色的油漆，其目的不仅是为了防锈，主要是能从颜色上迅速辨别钢瓶中所储存气体的种类，以免混淆。常用各类气体的颜色及其标识如表 1-1 所示。

表 1-1 常用各类气瓶的颜色及其标识

气体种类	工作压力 /MPa	水压试验 压力/MPa	气瓶颜色	文字	文字颜色	阀门出口 螺纹
氧	15	22.5	浅蓝色	氧	黑色	正扣
氢	15	22.5	暗绿色	氢	红色	反扣
氮	15	22.5	黑色	氮	黄色	正扣
氩	15	22.5	棕色	氩	白色	正扣
压缩气体	15	22.5	黑色	压缩气体	白色	正扣
二氧化碳	12.5(液)	19	黑色	二氧化碳	黄色	正扣
氨	3(液)	6	黄色	氨	黑色	正扣
氯	3(液)	6	草绿色	氯	白色	正扣
乙炔	3(液)	6	白色	乙炔	红色	反扣
二氧化硫	0.6(液)	1.2	黑色	二氧化硫	白色	正扣

为了确保安全，在使用气瓶时一定要注意以下几点。

① 当气体受到明火或阳光等热辐射的作用时，气体因受热而膨胀，使气瓶内压力增大。当压力超过工作压力时，就有可能发生爆炸。因此，在钢瓶运输、保存和使用时，应远离火源（明火、暖气、炉子），并避免长期在日光下暴晒，尤其在夏天更应注意。

② 气瓶即使在温度不高的情况下受到猛烈撞击，或不小心将其碰倒跌落，都有可能引起爆炸。因此，钢瓶在运输过程中，要轻搬轻放，避免跌落撞击，使用时要固定牢靠，防止碰倒。更不允许用铁锤、扳手等金属器具打钢瓶。

③ 瓶阀是钢瓶中关键的部件，必须保护好，否则将会发生事故。

a. 若瓶内存放的是氧、氢、二氧化碳和二氧化硫等，瓶阀应用钢和铜制成；若瓶内存放的是氨，则瓶阀必须用钢制成，以防腐蚀。

b. 使用钢瓶时，必须用专用的减压阀和压力表。尤其是氢气和氧气不能互换，为了防止氢和氧两类减压阀混用造成事故，氢气表和氧气表的表盘上都注明有氢气表和氧气表的字样，氢及其他气体的瓶阀，连接减压阀的减压管为左旋螺纹；而氧等不可燃烧气体瓶阀，连接管为右旋螺纹。

c. 氧气瓶阀严禁接触油脂。因为高压氧气与油脂相遇，会引起燃烧以致爆炸。开关氧气瓶时，切莫用带油脂的手和扳手。

d. 要注意保护瓶阀，开关瓶阀时一定搞清旋转方向缓慢转动，旋转方向错误和用力过猛时会使螺纹受损，可能冲脱而出，造成重大事故，关闭瓶阀时，不漏气即可，不要关的过紧。用毕后搬运时，一定要盖上保护的安全帽。

e. 瓶阀发生事故时，应立即报告指导老师。严禁擅自拆卸瓶阀上任何零件。

④ 当钢瓶安装好减压阀和连接管线后，每次使用前都要在瓶阀附近用肥皂水检查，确认不漏气才使用。对于有毒、易燃易爆的气体气瓶，除了保证严密不漏气外，最好单独放置在远离实验室的小屋里。

⑤ 钢瓶中气体不要全部用净，一般钢瓶使用压力为 0.5MPa 时，应停止使用。因为压力太低会给充气带来不安全的因素，当钢瓶内的压力与外界压力相同时，会造成空气的进入。对危险气体来说，由于上述情况，在充气时易发生爆炸事故，这已有许多教训。

⑥ 易燃易爆气体的输送应控制流速不能太快，同时在输送管路上应采用防静电措施。

⑦ 气瓶必须严格按期检验。

1.3.4 实验室消防

实验操作人员必须了解消防知识，实验室内应准备一些消防器材，工作人员应熟悉消防器材的存放位置和使用方法，绝不允许把消防器材移作他用。实验室常用的消防器材包括以下几种。

（1）火砂箱

易燃液体和其他不能用水灭火的危险品，着火时可用砂子扑灭。它能隔断空气并起降温作用而灭火。但砂中不能混有可燃性杂物，并且要干燥些。潮湿的砂子遇火后因水分蒸发，致使燃着的液体飞溅。砂箱中的存砂有限，实验室又不能存放过多砂箱，故这种灭火工具只能扑灭局部小规模的火源。对于不能覆盖的大面积火源，因砂量太少而作用不大，此外还可以用不燃性固体粉末灭火。

（2）石棉布、毛毡、湿布

这些器材适用于迅速扑灭火源区域不大的火灾，也是扑灭衣服着火的常用方法。其作用是隔绝空气达到灭火的目的。

（3）泡沫灭火器

实验室多用手提式泡沫灭火器。它的外壳用薄钢板制成。内有一个玻璃胆，其中盛有硫酸铝。胆外装有碳酸氢钠溶液和发泡剂（甘草精），灭火液由 50 份硫酸铝和 50 份碳酸氢钠及 5 份甘草精组成，使用时灭火器倒置，马上发生化学反应，生成含 CO_2 的泡沫。

$$6NaHCO_3 + Al_2(SO_4)_3 \longrightarrow 3Na_2SO_4 + Al_2O_3 + 3H_2O + 6CO_2$$

此泡沫黏附在燃烧物的表面上，形成与空气隔绝的薄层而达到灭火的目的。它适用于扑灭实验室的一般火灾。油类着火在开始时可以使用，但不能用于扑灭电线和电气设备的火灾，因为泡沫本身是导电的，这样会造成扑火人触电事故。

（4）四氯化碳灭火器

该灭火器是在钢筒内装有四氯化碳并压入 0.7MPa 的空气，使灭火器具有一定的压力。使用时将灭火器倒置，旋开一手阀即喷出四氯化碳。它是不燃液体。其蒸气比空气重，能覆盖在燃烧物表面与空气隔绝而灭火。它适用于扑灭电器设备的火灾。但使用时要站在上风侧，因四氯化碳是有毒的。室内灭火后应打开门窗一段时间，以免中毒。

（5）二氧化碳灭火器

钢筒内装有压缩的二氧化碳。使用时，旋开手阀，二氧化碳就能急剧喷出，使燃烧物与空气隔绝，同时降低空气中含氧量。当空气中含有 12%～15% 的二氧化碳时，燃烧即停止。但是使用时要注意防止现场人员窒息。

（6）其他灭火剂

干粉灭火剂可扑灭易燃液体、气体、带电设备引起的火灾。1211 灭火器适用于扑救油类、电器类、精密仪器等火灾。在一般的实验室内使用不多，对大型及大量使用可燃物的实验场所应备用此类灭火剂。

1.4　实验室安全用电

1.4.1　保护接地和保护接零

在正常情况下，电器设备的金属外壳是不导电的，但设备内部的某些绝缘材料若损坏，金属外壳就会导电。当人接触到带电的金属外壳或带电的导线时，就会有电流流过人体。带电体电压越高，流过人体的电流就越大，对人体的伤害也越大。当大于 10mA 交流电或大于 50mA 的直流电流过人体时，就可能危及生命安全。我国规定 36V(50Hz) 的交流电是安全电压。超过安全电压的用电就必须注意用电安全，防止触电事故。

为防止发生触电事故，要经常检查实验室用的电器设备，寻找是否有漏电现象。同时要检查用电导线有无裸露和电器设备是否有保护接地或保护接零措施。

（1）设备漏电测试

检查带电设备是否漏电，使用试电笔最为方便。它是一种测试导线和电器设备是否带电的常用工具，由笔端金属体、电阻、氖管、弹簧和笔尾金属体组成。大多数将笔尖做成改锥形式。如果把试电笔尖端金属体与带电体（如相线）接触，笔尾金属端与人的手部接触，那么氖管就会发光，而人体并不会有不适的感觉。氖管发光说明被测物带电。这样，可及时发现电器设备有无漏电。一般使用前要在带电的导线上预测，以检查是否正常。

用试电笔检查漏电，只是定性的检查，欲知电器设备外壳漏电的程度还必须用其他仪表检测。

（2）保护接地

保护接地是用一根足够粗的导线，一段接在设备的进入外壳上，另一端接在接地体上（专门埋在地下的金属体），使设备与大地连成一体。一旦发生漏电，电流通过接地导线流入大地，降低外壳对地电压。当人体触及外壳时，流入人体电流很小而不致触电。电器设备接地的电阻越小越安全。如果电路有保护熔断丝，会因产生电流而使保护熔断丝熔化并自动切断电源。用电采用这种保护接地方法的实验室已较少，大部分用保护接零的方法。

（3）保护接零

保护接零是把电器设备的金属壳接到供电线路系统中的中性线上，而不需专设接地线和大地相连。这样，当电器设备因绝缘损坏而碰壳时，相线（即火线）、电器设备的金属外壳和中心线就形成一个单相短路的电路。由于中心线电阻很小，短路电流很大，会使保护开关动作或使电路保护熔断丝断开，切断电源，消除触电危险。

在保护接零系统内，不应再设置外壳接地的保护方法。因为漏电时，可能由于接地电阻比接零电阻大，致使保护开关或熔断丝不能及时熔断，造成电源中性点电位升高，使所有接零的电器外壳都带电，反而增加了危险。

保护接零是由供电系统中性点接地所决定的。对中性点接地的供电系统采用保护接零是既方便又安全的办法。但保证用电安全的根本方法是电器设备绝缘性良好，不发生漏电现象。因此，注意检测设备的绝缘性能是防止漏电造成触电事故的最好方法。

1.4.2　实验室用电的导线选择

实验室用电或实验流程中的电路配线，设计者要提出导线规格，有些流程要亲自安装，如果导线选择不当就会在使用中造成危险。导线种类很多，不同导线和不同配线条件下都有安全截流值规定，在有关手册中可以查到。

在实验时，应考虑电源导线的安全截流量。不能任意增加负荷而导致电源导线发热造成火灾或短路的事故。合理配线的同时还应注意保护熔断丝选配恰当，不能过大也不应过小。过大失去保护作用；过小则在正常负荷下会熔断而影响工作。熔断丝的选择要根据负载情况而定，可参考有关电工手册。

1.4.3　实验室安全用电注意事项

化工原理实验中电器设备较多，某些设备的电负荷也较大。在接通电源之前，必须认真检查电器设备和电路是否符合规定要求，对于直流电设备应检查正负极是否接对。必须搞清楚整套实验装置，必须采用安全措施。操作者必须严格遵守下列操作规定。

① 进行实验之前必须了解室内总电闸与分电闸的位置，以便出现用电事故时判断应切断哪个电源。

② 电器设备维修时必须停电作业。

③ 带金属外壳的电器设备都应该保护接零，定期检查是否连接良好。

④ 导线的接头应紧密牢固。接触电阻要小。裸露的接头部分必须用绝缘胶布包好，或者用绝缘管套好。

⑤ 所有的电器设备在带电时不能用湿布擦拭，更不能有水落于其上。电器设备要保持干燥清洁。

⑥ 电源或电器设备上的保护熔断丝或保险管，都应按规定电流标准使用。严禁私自加粗保险丝或用铜或铝丝代替。当保险丝熔断后，一定要查找原因，消除隐患，而后再换上新的保险丝。

⑦ 电热设备不能直接放在木制实验台上使用，必须用隔热材料垫架，以防引起火灾。

⑧ 发生停电现象必须切断所用的电闸。防止操作人员离开现场后，因突然供电而导致电器设备在无人监视下运行。

⑨ 合闸动作要快，要合得牢。合闸后若发现异常声音或气味，应立即拉闸，进行检查。如发现保险丝熔断，应立刻检查带电设备是否有问题，切忌不经检查便换上熔断丝或保险管再次合闸，这样会造成设备损坏。

⑩ 离开实验室前，必须把分管本实验室的总电闸拉下。

第 2 章 实验数据误差分析及处理

2.1 实验数据的误差分析

由于实验方法和实验设备的不完善，周围环境的影响，以及人的观察力、测量程序等限制，实验测量值和真值之间，总是存在一定的差异。误差是实验测量（包括直接和间接测量值）与真值（客观存在的准确值）之差。误差的大小，表示每次测量值相对于真值不符合的程度。误差有以下含义：①误差永远不等于零。不管人们主观愿望如何，也不管人们在测量过程中怎样精心细致地控制，误差还是要产生的，误差的存在是客观绝对的。②误差具有随机性。在相同的实验条件下，对同一个研究对象反复进行多次的实验、测试或观察，所得到的总不是一个确定的结果，即实验结果具有不确定性。③误差是未知的，通常情况下，由于真值是未知的，研究误差时，一般都从偏差入手。人们常用绝对误差、相对误差或有效数字来说明一个近似值的准确程度。为了评定实验数据的精确性或误差，认清误差的来源及其影响，需要对实验的误差进行分析和讨论。由此可以判定哪些因素是影响实验精确度的主要方面，从而在以后实验中，进一步改进实验方案，缩小实验观测值和真值之间的误差，提高实验的精确性。

2.1.1 误差的相关概念

测量是人类认识事物本质不可缺少的手段。通过测量和实验能使人们对事物获得定量的概念和发现事物的规律性。科学上很多新的发现和突破都是以实验测量为基础的。测量就是用实验的方法，将被测量物理量与所选用作为标准的同类量进行比较，从而确定它的大小。

（1）真值与平均值

真值是待测物理量客观存在的确定值，也称理论值或定义值。通常真值是无法测得的。若在实验中，测量的次数无限多时，根据误差的分布定律，正负误差的出现概率相等。再经过细致的消除系统误差，将测量值加以平均，可以获得非常接近于真值的数值。但是实际上实验测量的次数总是有限的。用有限测量值求得平均值只能是近似真值，常用的平均值有下列几种。

① 算术平均值　设 x_1、x_2，$\cdots$，x_n 为各次测量次数，则算术平均值为

$$\overline{x} = \frac{x_1 + x_2 + \cdots + x_n}{n} = \frac{1}{n}\sum_{i=1}^{n} x_i \tag{2-1}$$

算术平均值是最常见的一种平均值，当测量值的分布服从正态分布时，用最小二乘法原理可证明：在一组等精度的测量中，算术平均值为最佳值或最可信赖的值。

② 几何平均值　几何平均值是一组将 n 个测量值连乘并开 n 次方求的平均值，即

$$\overline{x}_n = \sqrt[n]{x_1 x_2 \cdots x_n} \tag{2-2}$$

以对数表示

$$\lg \overline{x}_n = \frac{1}{n}\sum_{i=1}^{n} \lg x_i \tag{2-2'}$$

当测量值的分布不服从正态分布时，常用几何平均值。可见，几何平均值的对数等于这

些测量值的对数的算术平均值。几何平均值常小于算术平均值。

③ 均方根平均值 均方根平均值常用于计算气体分子的平均动能，其定义式为

$$\overline{x}_{均} = \sqrt{\frac{x_1^2 + x_2^2 + \cdots + x_n^2}{n}} = \sqrt{\frac{1}{n}\sum_{i=1}^{n} x_i^2} \tag{2-3}$$

④ 对数平均值 对数平均值常用于热量和质量的传递，测量值的对数平均值总小于算数平均值。设两个量 x_1、x_2，其对数平均值

$$\overline{x}_{对} = \frac{x_1 - x_2}{\ln x_1 - \ln x_2} = \frac{x_1 - x_2}{\ln(x_1/x_2)} \tag{2-4}$$

$x_1/x_2 = 2$，$\overline{x}_{对} = 1.443 x_2$；$\overline{x} = 1.50 x_2$；$|(\overline{x}_{对} - \overline{x})/\overline{x}_{对}| = 4.0\%$。即 $1/2 < x_1/x_2 < 2$ 时，可以用算数平均值代替对数平均值，引起的误差不超过 4.0%。

以上介绍各平均值的目的都是要从一组测量值中找出最接近真值的测量值。在化工实验和科学研究中，数据分布较多属于正态分布，故常采用算术平均值。

（2）误差的分类

根据误差的分类和产生的原因，一般可以分为三类。

① 系统误差 系统误差是指在测量和实验中由某些固定不变的因素所引起的误差。在相同的条件下进行多次测量，其误差数值的大小和正负保持恒定，或误差随条件改变按一定规律变化，即有的系统误差随时间呈线性、非线性或周期性变化，有的不随测量时间变化。

系统误差产生的原因：测量仪器不良，如刻度不准，安装不正确，仪表零点未校正或标准表本身存在偏差等；周围环境的改变，如温度、压力、湿度等偏离校准值；测量方法选用不当，如近似的测量方法或近似的计算公式等引起的误差；实验人员的习惯和偏向，如读数偏高或偏低引起的误差。针对测量仪器、周围环境、测量方法、个人的偏向等因素，因其有固定的偏向和确定的规律，待分别加以校正后，系统误差是可以清除的。

② 随机误差 在已消除系统误差的一切观测中，所测的数据仍在末一位或末两位数字上有差别，而且它们的绝对值和符号的变化没有确定的规律，这类误差称为随机误差或偶然误差。随机误差是由某些不易控制的原因造成的，如测量值的波动，肉眼观测欠准确等，因而无法消除。但是，倘若对某一测量值作足够多次的等精确度测量后，就会发现随机误差完全服从统计规律，误差的大小或正负的出现完全由概率确定。因此，随着测量次数的增加，随机误差的算数平均值趋近于零，所以多次测量结果的算数平均值将更接近于真值。研究随机误差可采用概率统计方法。

③ 过失误差 过失误差又称为粗大误差，是一种显然与事实不符的误差。它往往是由于实验人员粗心大意、过度疲劳和操作不正确引起的读数错误、记录错误或操作失败。此类误差无规律可寻，因其往往与正常值相差很大，故只要加强责任感、多方警惕、细心操作，过失误差是可以避免的。这类误差应在整理数据时依据常用准则加以剔除。

上述三种误差之间，在一定条件下可以相互转化。

（3）误差的表示方法

利用任何量具或仪器进行测量时，总存在误差，测量结果不可能准确地等于被测量的真值，而只是它的近似值。测量的质量高低以测量准确度作指标，根据测量误差的大小来估计测量的准确度。测量结果的误差愈小，则认为测量就愈准确。

① 绝对误差 测量值 x 和真值 A_0 之差为绝对误差，通常称为误差，记为

$$D = x - A_0 \tag{2-5}$$

由于真值 A_0 一般无法求得，因而上式只有理论意义，常用高一级标准仪器的示值作为

实际值 A 以代替真值 A_0。由于高一级标准仪器存在较小的误差，因而 A 不等于 A_0，但总比 x 更接近于 A_0，x 与 A 之差称为仪器的示值绝对误差。记为

$$d = x - A \qquad (2\text{-}6)$$

与 d 相反的数称为修正值，记为

$$C = -d = A - x \qquad (2\text{-}7)$$

通过鉴定，可以有高一级标准仪器的修正值 C，利用修正值便可以求出仪器的实际值 A，即

$$A = x + C \qquad (2\text{-}8)$$

绝对误差虽重要，但仅用它还不足以说明测量的准确度。换句话说，它还不能给出测量准确与否的完整概念。此外，有时测量得到相同的绝对误差可能导致准确度完全不同的结果。例如，要判别称量的好坏，单单知道最大绝对误差等于 1g，并不能表明此次称量的质量是高的；同样，如果所称量的物质本身仅有 2～3g，那么，此次称量的结果毫无用处。

显而易见，为了判断测量的准确度，必须将绝对误差与所测值真值相比较，即求出其相对误差，才能说明问题。

② 相对误差 衡量某一测量值的准确度，一般用相对误差来表示。示值绝对误差 d 与被测量实际值 A 的百分比值称为实际相对误差值，记为

$$E = \frac{d}{A} \times 100\% \qquad (2\text{-}9)$$

以仪器显示值 x 代替实际值 A 的相对误差称为示值相对误差，记为

$$e = \frac{d}{x} \times 100\% \qquad (2\text{-}10)$$

一般来说，除了某些理论分析外，用示值相对误差较为适宜。

③ 引用误差 为了计算和划分仪表精确度等级，提出引用误差概念。其定义为，仪表示值的绝对误差与量程范围之比。

$$\delta_A = \frac{示值绝对误差}{量程范围} \times 100\% = \frac{d}{X_n} \times 100\% \qquad (2\text{-}11)$$

式中 X_n——标尺上限值与标尺下限值之差。

④ 算术平均误差 算术平均误差是各个测量值的误差的算术平均值。

$$\delta_{\overline{\text{平}}} = \frac{1}{n} \sum |d_i| \qquad i = 1, 2, \cdots, n \qquad (2\text{-}12)$$

式中 n——测量次数；

d_i——第 i 次测量误差。

⑤ 标准误差 标准误差又称为均方根误差。其定义为

$$\sigma = \sqrt{\frac{1}{n} \sum D_i^2} \qquad (2\text{-}13)$$

上式适用于无限测量的场合。实际测量工作中，测量次数是有限的，可改用下式

$$\sigma = \sqrt{\frac{1}{n-1} \sum d_i^2} \qquad (2\text{-}14)$$

标准误差不是一个具体的误差，σ 的大小只说明在一定条件下等精度测量，结合所属的每一个测量值对其算术平均值的分散程度，如果 σ 的值越小则说明每一次测量值对其算术平均值分散度就小，测量的准确度就高，反之准确度就低。

在化工原理实验中最常用的 U 形管压差计、转子流量计、秒表、量筒、电压表等仪表原则上均取其最小刻度为最大误差，而取其最小刻度的一半为绝对误差计算值。

若误差 x 以标准误差 σ 的倍数表示，即 $x=t\sigma$，则在 $\pm t\sigma$ 范围内出现的概率为 $\Phi(t)$，超出这个范围的概率为 $1-2\Phi(t)$。$\Phi(t)$ 称为概率函数，表示为

$$\Phi(t)=\frac{1}{\sqrt{2\pi}}\int_0^t e^{-\frac{t^2}{2}}dt \tag{2-29}$$

$2\Phi(t)$ 与 t 的对应值在数学手册或专著中均有此类积分表，读者需要时可自行查取。在使用积分表时，需已知 t 值。表 2-1 给出了几个典型及其相应的超出或不超出 $|x|$ 的概率。

由表 2-1 知，当 $t=3$，$|x|=3\sigma$ 时，在 370 次观测中只有一次测量误差超出 3σ 范围。在有限次的观测中，一般测量次数不超过 10 次，可以认为误差大于 3σ，可能是由于过失误差或实验条件变化未被发觉等原因引起的。因此，凡是误差大于 3σ 的数据点应予以舍弃。这种判断可疑实验数据的原则称为 3σ 准则。

表 2-1 误差概率和出现次数

t	$|x|=t\sigma$	不超出 $|x|$ 的概率 $2\Phi(t)$	超出 $|x|$ 的概率 $1-2\Phi(t)$	测量次数	超出 $|x|$ 的测量次数
0.67	0.67σ	0.49741	0.50286	2	1
1	1σ	0.68269	0.31731	3	1
2	2σ	0.95450	0.04550	22	1
3	3σ	0.99730	0.00270	370	1
4	4σ	0.99991	0.00009	11111	1

2.1.3.5 函数误差

上述讨论的主要是直接测量的误差计算问题，但在许多场合下，往往涉及间接测量的变量，所谓间接测量是通过直接测量的量之间有一定的函数关系，并根据函数求被测的量，如传热问题中的传热速率。因此，间接测量值就是直接测量得到的各个测量值的函数。其测量误差是各个直接测量值误差的函数。

（1）函数误差的一般形式

在间接测量中，一般为多元函数，而多元函数可用下式表示

$$y=f(x_1,x_2,\cdots,x_n) \tag{2-30}$$

式中 y——间接测量值；

x_i——直接测量值。

由泰勒级数展开得

$$\Delta y=\frac{\partial f}{\partial x_1}\Delta x_1+\frac{\partial f}{\partial x_2}\Delta x_2+\cdots+\frac{\partial f}{\partial x_n}\Delta x_n \tag{2-31}$$

或

$$\Delta y=\sum_{i=1}^n \frac{\partial f}{\partial x_i}\Delta x_i$$

此即绝对误差的传递公式。它的最大绝对误差为

$$\Delta y=\sum_{i=1}^n \left|\frac{\partial f}{\partial x_i}\Delta x_i\right| \tag{2-32}$$

式中 $\dfrac{\partial f}{\partial x_i}$——误差的传递系数；

Δx_i——直接测量值的误差；

Δy——间接测量值的最大绝对误差。

函数绝对误差 σ 为

$$\delta = \frac{\Delta y}{y} = \frac{\partial f}{\partial x_1}\frac{\Delta x_1}{y} + \frac{\partial f}{\partial x_2}\frac{\Delta x_2}{y} + \cdots + \frac{\partial f}{\partial x_n}\frac{\Delta x_n}{y} = \frac{\partial f}{\partial x_1}\delta_1 + \frac{\partial f}{\partial x_2}\delta_2 + \cdots + \frac{\partial f}{\partial x_n}\delta_n \qquad (2\text{-}33)$$

（2）某些函数误差的计算

① 函数 $y = x \pm z$ 的绝对误差和相对误差　由于误差传递系数 $\frac{\partial f}{\partial x} = 1$，$\frac{\partial f}{\partial z} = \pm 1$，则函数的最大绝对误差为

$$\Delta y = \pm(|\Delta x| + |\Delta z|) \qquad (2\text{-}34)$$

$$\delta = \frac{\Delta y}{y} = \pm\frac{(|\Delta x| + |\Delta z|)}{x + z} \qquad (2\text{-}35)$$

② 函数形式为 $y = K\dfrac{xz}{\omega}$，x、z、ω 为变量，误差传递系数为 $\dfrac{\partial f}{\partial x} = \dfrac{Kz}{\omega}$，$\dfrac{\partial y}{\partial z} = \dfrac{Kx}{\omega}$，$\dfrac{Kxz}{\omega^2}$，函数的最大绝对误差为

$$\Delta y = \left|\frac{Kz}{\omega}\Delta x\right| + \left|\frac{Kx}{\omega}\Delta z\right| + \left|\frac{Kxz}{\omega^2}\Delta\omega\right| \qquad (2\text{-}36)$$

函数的最大相对误差为

$$\delta = \frac{\Delta y}{y} = \left|\frac{\Delta x}{x}\right| + \left|\frac{\Delta z}{z}\right| + \left|\frac{\Delta\omega}{\omega}\right| \qquad (2\text{-}37)$$

现将某些常用函数的最大绝对误差和相对误差列于表 2-2 中。

表 2-2　某些函数的误差传递公式

函数式	误差传递公式	
	最大绝对误差 Δy	最大相对误差 δ
$y = x_1 + x_2 + x_3$	$\Delta y = \pm(|\Delta x_1| + |\Delta x_2| + |\Delta x_3|)$	$\delta = \Delta y/y$
$y = x_1 + x_2$	$\Delta y = \pm(|\Delta x_1| + |\Delta x_2|)$	$\delta = \Delta y/y$
$y = x_1 x_2$	$\Delta y = \pm(|x_1\Delta x_2| + |x_2\Delta x_1|)$	$\delta = \pm\left(\left|\dfrac{\Delta x_1}{x_1} + \dfrac{\Delta x_2}{x_2}\right|\right)$
$y = x_1 x_2 x_3$	$\Delta y = \pm(|x_1 x_2\Delta x_3| + |x_1 x_3\Delta x_2| + |x_2 x_2\Delta x_1|)$	$\delta = \pm\left(\left|\dfrac{\Delta x_1}{x_1} + \dfrac{\Delta x_2}{x_2} + \dfrac{\Delta x_3}{x_3}\right|\right)$
$y = x^n$	$\Delta y = \pm(nx^{n-1}\Delta x)$	$\delta = \pm\left(n\left|\dfrac{\Delta x}{x}\right|\right)$
$y = \sqrt[n]{x}$	$\Delta y = \pm\left(\dfrac{1}{n}x^{\frac{1}{n}-1}\Delta x\right)$	$\delta = \pm\left(\dfrac{1}{n}\left|\dfrac{\Delta x}{x}\right|\right)$
$y = x_1/x_2$	$\Delta y = \pm\left(\dfrac{x_2\Delta x_1 + x_1\Delta x_2}{x_2^2}\right)$	$\delta = \pm\left(\left|\dfrac{\Delta x_1}{x_1} + \dfrac{\Delta x_2}{x_2}\right|\right)$
$y = cx$	$\Delta y = \pm(c\Delta x)$	$\delta = \pm\left(\left|\dfrac{\Delta x}{x}\right|\right)$
$y = \lg x$	$\Delta y = \pm\left(0.4343\dfrac{\Delta x}{x}\right)$	$\delta = \Delta y/y$
$y = \ln x$	$\Delta y = \pm\left(\dfrac{\Delta x}{x}\right)$	$\delta = \Delta y/y$

　　误差分析的目的在于计算所测数据的真值或最佳值的范围，并判定其准确性或误差。整理一组实验数据时，一般按以下步骤进行。

　　① 求出该组测量值的算术平均值。根据随机误差符合正态分布的特点，可知算术平均

值是该组测量值的最佳值或真值。

② 计算各测量值的绝对误差和相对误差。

③ 确定各测量值的最大可能误差，并验证各测量值的误差不大于最大可能误差。

按照随机误差正态分布函数可知，一个测量值的绝对误差出现在 $\pm 3\sigma$ 范围内的概率为 99.7%，即出现在 $\pm 3\sigma$ 范围外的概率是极小的（0.3%），故以 $\pm 3\sigma$ 为最大可能误差，超出 $\pm 3\sigma$ 的误差已不属于随机误差，而是过失误差，因此该数据应予剔除。

④ 在满足③条件后，再确定算术平均值的标准差。

$$\sigma_{\mathrm{m}} = \frac{\sigma}{\sqrt{n}} \tag{2-38}$$

最佳值及其误差可表示为 $A = \bar{x} \pm \sigma_{\mathrm{m}}$。

2.2 实验数据处理

通常，实验的结果最初是以数据的形式表达的，第一节主要讨论实验数据的测量及有效值的选取问题。对实验而言，其最终目的是通过这些数据寻求其中的内在关系，必须对实验数据作进一步整理，并将其归纳成为图表或者经验公式，使人们清楚地观察到各变量之间的定量关系，以便进一步分析实验现象，提出新的研究方案或得出规律，指导生产与设计。因此，需要将这些数据以适宜的方式表示出来。目前，常选用的方法有列表法、图示法和方程表示法三种。

2.2.1 实验数据的整理方法

2.2.1.1 列表法

将实验直接测定的数据或根据测量值计算得到的数据，按照自变量和因变量的关系以一定的顺序列出数据表格，即为列表法。在拟定记录表格时应注意以下问题。

① 单位应在名称栏中详细标明，尽量不要和数据写在一起。

② 同一列的数据必须真实反映仪表的精确度，即数字写法应注意有效数字的位数。

③ 对于数量级很大或很小的数，在名称栏中应乘以适当的倍数。例如：$Re = 25300$，用科学计数法表示为 $Re = 2.53 \times 10^4$。列表时，项目名称写为 $Re \times 10^4$，数据表中数字则写为 2.53，这种情况在化工数据表中经常遇到。在这样表示的同时还要有有效数字位数的保留，不要轻易放弃有效数位。

④ 整理数据时应尽可能将计算工程中始终不变的物理量归纳为常数，避免重复计算，如在离心泵特定曲线的测定实验中，泵的转数为恒定值，可直接记为 $n = 2900 \mathrm{r/min}$。

⑤ 在实验数据归纳表中，应详细地列明实验过程记录的原始数据即通过实验过程要求得到的实验结果，同时，还应列出实验数据计算过程中较为重要的中间数据。如在传热实验中，空气流量就是计算过程中一个重要的数据，也应将其列入数据表中。

⑥ 在实验数据表格的后面，要附以数据计算示例，从数据表中任选一组数据，举例说明所用的计算公式与计算方法，表明各参数之间的关系，以便阅读或进行校核。

⑦ 科学实验中，记录表格要规范，原始数据要书写清楚整齐，修改时宜用单线将错误的划掉，将正确的写在下面。要记录各种实验条件，并妥善保存。

在化工实验过程中，列表法的应用十分广泛，常用于记录原始数据及汇总实验结果，为进一步绘图、回归公式及建立模型提供方便。

过滤实验的数据见表 2-3，在表中分别列出了实验过程的原始数据、计算过程的中间数据和实验结果。

表 2-3 过滤实验的数据处理

序号	高度	$\Delta q/(m^3/m^2)$	0.05MPa			0.10MPa			0.15MPa		
			时间/s	$\Delta\theta/s$	$\Delta\theta/\Delta q$	时间/s	$\Delta\theta/s$	$\Delta\theta/\Delta q$	时间/s	$\Delta\theta/s$	$\Delta\theta/\Delta q$
1											
2											
...											
11											

序号	斜率	截距	压差/Pa	$K/[m^3/(m^2 \cdot s)]$	$q_e/(m^3/m^2)$	θ_e/s
1						
2						
3						

物料常数 $k=$　　　；压缩指数 $s=$

ⅰ.测量参数　计量桶虑高度，mm；滤液每上升 10mm 所用时间，s。

ⅱ.数据记录及处理。

2.2.1.2　图示法

列表法一般难以直接观察到数据间的规律，故常需将实验结果用图形表示，这样将变得简明直观，便于比较，容易看出数据中的极值点、转折点、周期性、变化率以及其他特性，易于显示结果的规律性或趋向。准确的图形还可以在不知道数学表达式的情况下进行微积分运算，因此得到了广泛的应用。作图过程中应遵从一些基本准则，否则将得不到预期的结果，甚至会出现错误的结论。作曲线图时必须依据一定的准则（如下面介绍），只有遵守这些准则，才能得到与实验点位置偏差最小而光滑的曲线图形。以下是关于化学工程实验中正确作图的一些基本准则。

（1）图纸的选择

在绘图过程中，常用的图纸有直角坐标纸、单对数坐标值纸和双对数坐标纸等。

对于符合方程 $y=ax+b$ 的数据，直接在直角坐标纸上绘制即可，可画出一条直线。

对于符合方程 $y=k^{ax}$ 的数据，经两边取对数可变为 $\lg y=ax\lg k$，在单对数坐标纸上绘图，可画出一条直线。

对于符合方程 $y=ax^m$ 的数据，经两边取对数可变为 $\lg y=\lg a+m\lg x$，在双对数坐标纸上，可画出一条直线。

当变量多于两个时，如 $y=f(x,z)$，在做图时，先固定一个变量，可以先固定 z 值求出 $(y-x)$ 关系，这样可得每个 z 值下的一组图线。例如，在做填料吸收塔的流体力学特性测定时，就是采用此标绘方法，即相应于各喷淋量 L，在双对数坐标纸上标出空塔气速 u 和单位填料层压降 $\Delta p/z$ 的关系图线。

此外，某变量最大值与最小值数量级相差很大时；或自变量 x 从零开始逐渐增加的初始阶段，x 少量增加会引起因变量的极大变化时，均可采用对数坐标。

（2）坐标的分度

坐标分度是指每条坐标轴所代表的物理量大小，即选择适当的坐标比例尺。一般取独立变量为 x 轴，因变量为 y 轴。在两轴侧要标明变量名称、符号和单位。坐标分度的选择，要能够反映实验数据的有效数字位数，即与被标的数字精度一致。分度的选择还应使数据容易读取，而且分度值不一定从零开始，以使所得的图形能够占满全幅坐标纸，匀称居中，避免图形偏于一侧。若在同一张坐标纸上同时标绘几组测量值或计算数据，应选用不同符号加以区分（如使用＊，○，●等）。在按点描线时，所绘图形可为直线或曲线，但所绘线形应是光滑的，且应使更多的点落在曲线上，若有偏离的点，应使其均匀的分布在线的两侧。对数坐标系的选用，与直角坐标系的选用稍有差异，在选用时应注意以下几个问题。

某点与原点的距离为该点表示量的对数值，但是该点标在对数坐标轴上的值是真值，而不是对数值；对数值的坐标原点为（1,1），而不是（0,0）；由于 0.01、0.1、1、10、100 等数的对数分别为 -2、-1、0、1、2 等，所以在对数坐标纸上每一位数量级的距离是相等的，但在同一数量级内的刻度并不是等分的。

选用对数坐标时，应严格遵循图纸标明的坐标系，不能随意将其旋转及缩放使用，对数坐标系上求直线斜率的方法与直角坐标系不同，因在对数坐标系上的坐标值是真值而不是对数值。所以，需要转化成对数值计算，或直接在坐标纸上量取线段长度求取。

在双对数坐标系上，直线与 $x=1$ 处的纵轴相交点的 y 值，即方程 $y=ax^m$ 中的系数 a。若所绘制的直线在图面上不能与 $x=1$ 处的纵轴相交，则可在直线上任意取一组数据 x 和 y 代入方程 $y=ax^m$ 中，通过计算求得系数值 a。

2.2.1.3 方程表示法

为工程计算方便，通常需要将实验数据或计算结果用数学方程或经验公式的形式表示出来。在化学工程中，经验公式通常表示成无量纲的数群或特征数关系式。遇到问题大多是如何确定公式中的参数或系数。经验公式或特征数关系式中的参数或系数的求法很多，最常用的是图解求解法和最小二乘法。

（1）图解求解法

用于处理能在直角坐标系上直接标绘出一条直线的数据，很容易求出直线方程的参数和系数。在绘制图形时，有时两个变量之间的关系并不是线性的，而是符合某种曲线关系，为了能够比较简单地找出变量间的关系，以便回归经验方程和对其进行经验分析，常将这些曲线进行线性化。

（2）最小二乘法

使用图解求解法时，坐标纸标点会有误差，而根据点的分布确定直线的位置时，具有较大的人为性，因此，用图解法确定直线的斜率及截距常不够准确。较为准确的方法是最小二乘法，其原理为：最佳的直线就是能使各数据点同回归线性方程求出值的偏差平方和为最小，也就是一定数据点落在该直线上的概率为最大。

2.2.2 实验数据处理方法

2.2.2.1 数据回归方法

（1）一元线性回归

一元回归是处理两个标量之间的关系的方法，是通过分析得到经验公式，若变量之间为线性关系，则称为一元线性回归，这是工程和科学研究中经常遇到的回归处理方法。下面具体推导其表达式。

已知 n 个实验数据点 $(x_1,y_1),(x_2,y_2),\cdots,(x_n,y_n)$。设最佳线性函数关系式 $y'=b_0+b_1x$，则根据此式，n 和 x 值可计算出各组对应的 y' 值。

$$y_1'=b_0+b_1x_1, \quad y_2'=b_0+b_1x_2, \quad \cdots, \quad y_n'=b_0+b_1x_n$$

而实际测量时，每个 x 值所对应的值为 y_1，y_2，$\cdots$，y_n，所以每组实验值与对应的计算值 y' 的偏差 d 应为

$$d_1=y_1-y_1'=y_1-(b_0+b_1x_1)$$
$$d_2=y_2-y_2'=y_2-(b_0+b_1x_2)$$

$$\cdots\cdots$$

$$d_n = y_n - y_n' = y_n - (b_0 + b_1 x_n)$$

按照最小二乘法原理，测量值与真值之间的偏差平方和为最小。$\sum\limits_{i=1}^{n} d_i^2$ 最小的必要条件是

$$\frac{\partial \sum\limits_{i=1}^{n} d_i^2}{\partial b_0} = 0, \qquad \frac{\partial \sum\limits_{i=1}^{n} d_i^2}{\partial b_1} = 0 \tag{2-39}$$

展开得

$$\frac{\partial \sum\limits_{i=1}^{n} d_i^2}{\partial b_0} = -2 \sum\limits_{i=1}^{n} [y_i - (b_0 + b_1 x_i)] = 0$$

$$\frac{\partial \sum\limits_{i=1}^{n} d_i^2}{\partial b_1} = -2 \sum\limits_{i=1}^{n} [y_i - (b_0 + b_1 x_i)] x_i = 0$$

写成合式

$$\begin{cases} \sum\limits_{i=1}^{n} y_i - n b_0 - b_1 \sum\limits_{i=1}^{n} x_i = 0 \\ \sum\limits_{i=1}^{n} x_i y_i - b_0 \sum\limits_{i=1}^{n} x_i - b_1 \sum\limits_{i=1}^{n} x_i^2 = 0 \end{cases} \tag{2-39'}$$

联立解得

$$b_0 = \frac{\sum\limits_{i=1}^{n} x_i y_i \sum\limits_{i=1}^{n} x_i - \sum\limits_{i=1}^{n} y_i \sum\limits_{i=1}^{n} x_i^2}{\left(\sum\limits_{i=1}^{n} x_i\right)^2 - n \sum\limits_{i=1}^{n} x_i^2}, \qquad b_1 = \frac{\sum\limits_{i=1}^{n} x_i \sum\limits_{i=1}^{n} y_i - n \sum\limits_{i=1}^{n} x_i y_i}{\left(\sum\limits_{i=1}^{n} x_i\right)^2 - n \sum\limits_{i=1}^{n} x_i^2} \tag{2-40}$$

由此求得截距为 b_0，斜率为 b_1 的直线方程，就是关联各实验点的最佳直线。

在解决图和回归直线以后，还存在检验回归得到的直线是否有意义的问题。在此引入一个称为相关系数 r 的统计量，用来判断两个变量之间的线性相关程度，其定义式为

$$r = \frac{\sum\limits_{i=1}^{n} (x_i - \overline{x})(y_i - \overline{y})}{\sqrt{\sum\limits_{i=1}^{n} (x_i - \overline{x})^2 \sum\limits_{i=1}^{n} (y_i - \overline{y})^2}} \tag{2-41}$$

在概率中可证明，任意两个随机变量的相关系数的绝对值不大于1，即 $0 \leqslant |r| \leqslant 1$。

相关系数 r 的物理意思为：表示两个随机变量 x 和 y 的线性相关程度，当 $r = 1$ 时，即实验值全部落在直线 $y' = b_0 + b_1 x$ 上，此时称为安全相关；当 r 越接近1时，即实验值越靠近直线 $y' = b_0 + b_1 x$，变量间的关系接近线性关系；当 $r = 0$ 时，变量间完全没有线性关系；但当 r 很小时，表现的虽不是线性关系，但不等于就不存在其他关系。

在了解了一元线性回归的基本方法与原理后，可以采用计算机辅助手段完成计算过程，相关内容参见有关手册，此处不再叙述。

(2) 多元线性回归

前面仅讨论两个变量的回归问题，其中因变量只与一个自变量有关，这是较简单的情况。在大多数的实际问题中，影响因变量的因数不是一个而是多个，称这类回归为多元回归

分析。如果 y 与 x_1，x_2，…，x_n 之间的关系是线性的，则其数学模型为

$$y' = b_0 + b_1 x_1 + b_2 x_2 + \cdots + b_n x_n \tag{2-42}$$

多元线性回归的原理与一元线性回归完全相同，就是根据实验数据，求出适当的待定常数 b_0，b_1，…，b_n，但在计算上却要复杂得多，用高斯消去法和其他方法求解，具体可参考有关手册。以上方法一般用计算机计算，除非自变量及实验数据较少，才采用手算的方法。

（3）非线性回归

实际问题中变量间的关系很多属于非线性的，如指数函数、对数函数、双曲函数等，处理这些非线性函数的主要方法是将其转化为线性函数。

① 一元非线性回归　前面在数据整理方法中已经介绍了指数函数、幂函数等六大类函数的线性化问题，即先利用变形方法，将其转化为线性关系，然后用最小二乘法进行一元线性回归，得到其关联式。

② 多项式回归　在化学工程中，为了便于查找和计算，对于常用的物性参数，通常将其回归成多项式，其方法如下。

对于形如 $y = a + bx + cx^2$ 的二次多项式，可令 $x_1 = x$，$x_2 = x^2$，则前式可改写为 $y = a + bx_1 + cx_2$，这样，抛物线回归问题，可以转化为二元线性回归。通常，多项式回归可通过类似线性回归计算。

多项式回归在回归问题中占特殊地位，由数学理论可知，对于任意函数至少在一个较小的范围内可用多项式逼近。因此，通常在比较复杂的问题中，就可不问变量与各因素的确切关系，而用多项式回归进行分析计算。在化学工程实验中，一些物性数据随温度的变化，以及测温元件中温度与热电势、温度与电阻值的变化关系，常用多项式表达。

③ 多元非线性回归　一般也是将多元非线性函数化为多元线性函数，其方法同一元非线性函数。如圆形直管内强制湍流时的对流传热关联式为

$$Nu = aRe^m Pr^n$$

方程两端去对数得

$$\lg Nu = \lg a + m \lg Re + n \lg Pr$$

令　　　　$Y = \lg Nu, b_0 = \lg a, X_1 = \lg Re, X_2 = \lg Pr, b_1 = m, b_2 = n$，则可转化为

$$Y = b_0 + b_1 X_1 + b_2 X_2$$

由此可按多元线性回归方法处理。

2.2.2.2　数值计算方法

在化学工程中，除了数据的回归与拟合，还经常遇到的一类问题就是定积分的数值计算，例如，传热工程中传热推动的计算，吸收过程中传质系数的求取等。对于定积分的计算问题，一般利用图解积分后数据计算方法求得近似值。较为常用的数值计算方法有用复式辛普森公式进行计算，可以得到较为精确的定积分值，并可用计算机辅助进行程序计算，更为方便可靠，具体的方法可参考数值分析等有关书籍。

第3章 化工基本物理量的测量

在化工、轻工、炼油等工业和实验研究中，经常测量的量有压力、流量、温度等。用来测量这些参数的仪表称为化工测量仪表。不论是选用、购买或自行设计，要做到合理使用测量仪表，就必须对测量仪表有一个初步的了解。它们的准确度对实验结果影响最大，所以仪表的选用必须符合工作的需求。选用或设计合理，既可节省投资，还能获得满意的结果。本章对测量压力、温度时所用仪表的原理、特性即安装应用，作一简单的介绍。

3.1 压力（差）的测量

在化工生产和实验中，经常遇到液体静压强的测量问题，例如考察液体流动阻力，用节流式流量计测量，化工过程的操作压力或真空度等。流体压强可分为流体静压和流体中压强，前者可采用在管道或设备壁上开孔测压的方法，也可以将静压管插入流体中，并使管子轴线与来流方向垂直，即量压管端面与来流方向平行的方向测压（例如伯努利方程实验中静压头 H）；后者可用总压管（亦称 Pitot）的办法。本书着重讨论如何正确测量流体的静压。

常用的测量压力的仪表很多，按其工作原理大致可分为四大类。

① 液柱式压差计　它是根据流体静力学原理，把被测压力转换成液柱高度。利用这种方法测量压力的仪表有 U 形管压差计、倒 U 形压差计、单管压差计和斜管压差计、微差压差计等。

② 弹簧式压力计　它是根据弹性元件受力变形的原理，将被测压力转换成位移，利用这种方法测量的仪表主要有弹簧管压力计等。

③ 电气式压力计　它是将被测压力转化成各种电量，根据电量的大小而实现压力的间接测量。

④ 活塞式压力计　它是根据水压及液体传递压力的原理，将被测量压力换成活塞面积上所加平衡砝码的重量，它普遍地被当作标准仪器用来对弹簧管压力表进行校验和刻度。

现将化工实验中常见的压力计作一介绍。

3.1.1 液柱式压差计

液柱式压差计是基于流体静力学原理设计的。其结构比较简单，精度较高，既可用于测量流体的压强，也可用于测量流体的压差，其基本形式如下。

（1）U 形管压差计

U 形管压差计由一根粗细均匀的玻璃管弯制而成，也可用两根粗细相同的玻璃管做成连通器形式（见图 3-1）。内装有液体作为指示液，U 形管压差计两端连接两个测压点，U 形管两边压强不同时，两边液面便会产生高度差 R，根据流体静压力学基本方程可知：

$$p_1 + Z_1 \rho g + R \rho g = p_2 + Z_2 \rho g + R \rho_0 g \tag{3-1}$$

当被测管段水平放置时（$Z_1 = Z_2$），上式简化为：

$$\Delta p = p_1 - p_2 = (\rho_0 - \rho) g R \tag{3-2}$$

式中　ρ_0——U 形管内指示液的密度，kg/m^3；

ρ——管路中流体密度，kg/m^3；

R——U 形管内指示液两边液面差，mm。

U 形管压差计常用的指示液为汞和水。当被测压力很小，且流体为水，还可用氯苯（$\rho_{20℃}=1106kg/m^3$）和四氯化碳（$\rho_{25℃}=1584kg/m^3$）作指示液。

记录 U 形管读数时，正确方法应该是：同时指明指示液和待测流体名称。例如待测流体为水，指示液为汞，液柱高度为 50mm 时，R 的读数应为 $R=50mm$（Hg－H_2O）

若 U 形管一端与设备或管道连接，另一端与大气相通，这时读数所反映的是管道中某截面处流体的绝对压强与大气压之差，即为表压强。若指示液为水，因为其密度远大于空气，则 $p_{表}=(\rho_{H_2O}-\rho_{air})gR=\rho_{H_2O}gR$。

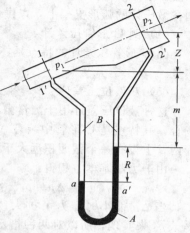

图 3-1　U 形管压差计

① 使用 U 形管压差计时，要注意每一具体条件下液柱高度读数的合理下限。

若被测压差稳定，根据刻度读数一次所产生的绝对误差为 0.75mm，读取一个液柱高度值的最大误差为 1.5mm。如果要求测量的相对误差≤3%，则液柱高度读数的合理下限为 1.5/0.03＝50mm。

若被测压差波动很大，一次读数的绝对值将增大，假定为 1.5mm，读数一次液柱高度值的最大绝对误差为 3mm，测量的相对误差≤3%，则液柱高度读数的合理下限为 3/0.03＝100mm。当实测压差液柱减小至 30mm 时，则相对误差增大至 3/30＝10%。

② 跑汞问题。汞的密度很大，作为 U 形管的指示液则很理想，但容易跑汞，污染环境。防止跑汞的主要措施如下。

a. 设置平衡阀，在每次开动泵和风机之前让它处于全开状态，读取读数时才将它关闭。

b. 在 U 形管上端设有球状缓冲室，当压差过大或出现操作故障时，管内水银可全部聚集于缓冲室中，使水从水银液中穿过，避免跑汞现象发生。

c. 把 U 形管和导压管所有接头捆牢。当 U 形管测量流动系统两点间压力差或系统内绝对压力很大时，U 形管或导压管若有接头突然脱开，则在系统内部与大气之间的强大压差下，会发生跑汞，当连接管接头为橡胶管时，因橡胶管易老化破裂，所以要及时更换，否则也会造成跑汞现象。

（2）单管压差计

单管压差计是 U 形压差计的变形，用一只杯形代替 U 形压差计中的一根管子。由于杯的截面 $S_{杯}$ 远大于玻璃管的截面 $S_{玻}$（一般情况下 $S_{杯}/S_{玻}\geqslant200$），所以其两端有压强差时，根据等体积原理，细管一边的液柱升高值 h_1 远大于杯内液面下降 h_2，即 $h_1\gg h_2$，这样 h_2 可忽略不计，在读数时只需读一边液柱高度，误差比 U 形压差计减少一半。

（3）倾斜式压差计

倾斜式压差计是将 U 形压差计或单管压差计的玻璃管与水平方向作 α 角的倾斜（见图 3-2）。它使读数放大了 $1/\sin\alpha$ 倍，即使 $R'=R/\sin\alpha$。

Y-61 型倾斜微压计是根据此原理设计制造的。微压计用相对密度为 0.81 的酒精作指

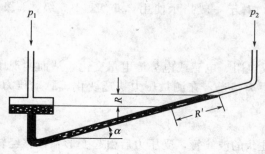

图 3-2　倾斜式压差计

示液，不同倾斜角的正弦值用相应的 0.2，0.3，0.4 和 0.5 数值，标刻在微压计的弧形支架上，以供使用时选择。

（4）倒 U 形管压差计

倒 U 形管压差计的特点是：以空气为指示液，适用于较小压差的测量。

（5）双液位压差计

这种液位压差计用于测量微小压差，它一般用于测量气体压差的场合，其特点是 U 形管中装有 A、C 两种密度相近的指示液，且 U 形管两臂上设有一个截面积远大于管截面积的"扩大室"（见图 3-3）。

由静力学基本方程得：

$$\Delta p = p_1 - p_2 = R(\rho_A - \rho_C)g$$

当 Δp 很小时，为了扩大读数 R，减小相对读数误差，可减小 $p_1 - p_2$ 来实现，所以对两种指示液的要求是尽可能使两者密度相近，且有清晰的分界面。工业常以石蜡油和工业酒精做指示液，实验室中常用苯甲基醇和氯化钙等，其中氯化钙的密度可以用不同的浓度来调节。

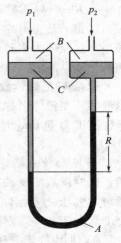

图 3-3　双液位压差计

当玻璃管径较小时，指示液易与玻璃管发生毛细现象，所以液柱式压差计应选用内径不小于 5mm（最好不大于 8mm）的玻璃管，以减小毛细现象带来的误差。因为玻璃管的耐压能力低，易破碎，所以液柱式压力计一般仅用于 1×10^5 Pa 以下的正压或负压（或压差）的场合。

3.1.2　弹性式压力计

弹性式压力计是利用各种形式的弹性元件，在被测介质的压力作用下产生相应的弹性变形（一般用位移大小来表示）根据变形程度来测出被测压力的数值。

弹性元件不仅是被测压力计的感测元件，也常用做启动单元组合仪表的基本组成元件，应用广泛。常用的弹性元件有：单圈弹簧管、圈弹簧管、纹膜片和纹管等。

根据弹性元件的不同型式，弹性压力计也可分为相应类型。目前实验室中最常见的是弹簧管压力表（又称波登管压力表）。它的测量范围宽，应用广泛。

弹簧压力表的测量元件是一根弯成 270°圆弧的椭圆截面的空心的金属管，其自由端封闭，另一端与测压点相接。当通入压力后，由于椭圆形截面在压力作用下趋向圆形，弹簧管随之产生向外挺直的扩张应变产生位移，此位移量由封闭着的一端带动机械传动装置，使指针显示相应的压力值。该压力计用于测量正压值，称为压力表。测量负压的压力计，称为真空表。

在选用弹簧管压力表时，应注意工作介质的物性和量程，操作压力较稳定时，操作指示值应选在其量程的 2/3 处。若操作压力经常波动，应在其量程的 1/2 处。同时还应注意其精度，在表盘下方小圆圈中的数字代表精度等级，对于一般指示使用 2.5 级、1.5 级、1 级，对于测量精度较高时，可用 0.4 级以上的表。

3.1.3　电气式压力计

电气式压力计一般是将压力计的变化转换成电阻、电感或电势等电量变化，从而实现压力间接测量。这种压力计变化较迅速，易于远距离传送，在测量压力快速变化、脉动压力、高真空、超高压的场合下较合适。

（1）膜片压力计

膜片压力计的测量弹性元件是平面膜片或柱状的波纹管，受压力后引起变形和位移经转换变成电信号远程指示，从而实施压强和压差的测量。

当流体的压强传递到紧压于法兰盘的弹性膜时，膜受压，其中部左（右）移动，此项位移带动差动变压器线圈内的铁心移动，通过电磁感应将膜片的行程转变为电信号，再通过电路用动圈式毫伏仪显示出来。为了避免压差太大或操作失误时损坏膜片，装有保护挡板，当一侧压差太大时，保护挡板压紧在该侧橡皮片上，从而关闭膜片与高压的通道，使膜片不致超压。这种压差计可代替 U 形水银管，消除水银污染，信号又可远传，但精确变化比 U 形管差。

（2）压变片式压力变送器

此变送器是利用变片作为转换元件，将被测压力 p 转换成应变片的电阻值变化，然后经过桥式电流得到毫伏级的电量输出。

应变片是由金属导体或半导体材料制成的电阻体，其电阻 R 随压力 p 所产生的应变而变化。假如将两片应变片分别以轴向与径向方向固定在圆筒上，圆筒内通以被测压力 p，由于在压力 p 作用下圆筒产生应变，并且沿轴向和径向的应变值不一样，因此，引起电桥电阻 r_1、r_2 数值变化，r_1、r_2 和固定电阻 r_3、r_4 组成测量桥路。当 $r_1 = r_2$ 时，桥路平衡，输出电压 $\Delta U = 0$，当电阻 r_1 与 r_2 数值不等时，测量桥路失去平衡，输出电压 ΔU，应变式压力变送器就是根据 ΔU 随压力 p 变化来实现压力的间接测量。

3.1.4 流体压力测量中的技术要点

3.1.4.1 压力计的正确选用

（1）仪表类型的选用

仪表类型的选用必须满足工艺生产或实验研究的要求，如是否需要远传变送、报警或自动记录等，被测介质的物理化学性质和状态（如黏度大小、温度高低、腐蚀性、清洁程度等）是否对测量仪表提出特殊要求，周围环境条件（诸如温度、湿度、振动等）对仪表类型是否有特殊要求等。总之，正确选用仪表类型是保证安全生产及仪表正常工作的重要前提。

（2）仪表的量程范围

仪表的量程范围是指仪表刻度的下限值到上限值，它应根据操作中所需要测量的参数大小来确定。测量压力时，为了避免压力计超负荷而被损坏，压力计的上限值应该高于实际操作可能的最大压力值。对于弹性式压力计，在被测压力比较稳定的情况下，其上限值应为被测最大压力的 4/3 倍，在测量波动较大的压力时，其上限值为被测最大压力的 3/2 倍。

此外，为了保证测量值的准确度，所测压力值不能接近仪表的下限值，一般被测压力的最小值应不低于仪表全量程式的 1/3 为宜。

根据所测参数大小计算出仪表的上下限后，还不能以此值作为选用仪表的极限值，因为仪表标尺的极限值不是任意取的，它是由国家主管部门用标准规定的。因此，选用仪表标尺的极限值时，要按照相应的标准中的数值选用（一般在相应的产品目录或工艺手册中可查到）。

（3）仪表精度级的选取

仪表精度级是由工艺生产或实验研究允许的最大误差确定的。一般来说，仪表越精密，测量结果越准确、可靠。但不能认为选用的仪表精度越高越好，因为越精密的仪表，一般价格越高，维护和操作要求越高。因此，应在满足操作的前提下，本着节约的原则，正确选择仪表的精度等级。

3.1.4.2 测压点的选择

测压点的选择对于正确测得静压值十分重要。根据流体流动的基本原理可知，应选在流体流动干扰最小的地方。如在管线上测压，测压点应选在离流体上游的管线弯头、阀门或其他障碍物 40～50 倍管内径距离，为了使紊乱的流体经过该稳定段后在近壁面处的流线与壁面平行，形成稳定的流动状态，从而避免动能对测量的影响。根据流动边界层理论，倘若空间所限,不能保证 40～50 倍管内径距离的稳定段,可设置整流板和整流管,以清除动能的影响。

3.1.4.3 测压孔口的影响

① 测压孔的取向及导压管的安装、使用

a. 被测流体为液体时,为了防止气体和固体颗粒进入导压管,水平或倾斜管道中取压口安装在管道下半面,且与垂线夹角成 45°角。若测量系统两点的压力差时,应尽量将压力计装在取压口下方,使取压口至压差计之间的导压管方向都向下,这样气体就较难进入导压管。如测量压差仪表不得不装在取压口上方,则从取压口引导管应先向下敷设 1000mm,然后向上弯通往压差测量仪表,其目的是形成 1000mm 的液封,阻止气体进入导压管。实验时,首先将导压管内所有空气排除干净,为了便于排气,应在导气管和测量仪表的连接处安装一个放弃阀,利用取压点处的正压,用液体将导压管内气体排出,导压管的敷设宜垂直地面成不小于 1:10 的倾斜度,若导压管在两端点间有最高点,则应在最高点处装设集气罐。

b. 被测流体为气体时,为了防止液体和固体粉尘进入导压管,宜将测量仪表装在取压口上方。如必须装在下方,应在导压管最低处装设沉降器和排污阀,以便排出液体和粉尘,在水平或倾斜管中,气体取压口应安装在管道上半平面,与垂线夹角≤45°。

c. 当介质为蒸汽时,以靠近取压点处冷凝液液面为界,将导压管系统分为两部分:取压点至凝液液面为第一部分,内含蒸汽,要求保温良好;凝液液面至测量仪表为第二部分,内含冷凝液,避免高温蒸汽与测压元件直接接触。为了减少蒸汽中凝液滴的影响,常在引压管前设置一个截面积较大的凝液收集器。正负两隔离器的两液体界面的高度应相等,且保持不变。因此隔离器应具有足够大的容积和水平截面积,隔离液除与被测介质不互溶之外,还应与之不起化学反应,且冰点足够低,能满足具体问题的实际需要。

d. 全部导压管应密封良好,无渗透现象,有时会因小小的渗漏造成很大的测量误差,因此安装导压管后应做一次耐压试验,试验压力为操作压力的 1.5 倍,气密性试验为 400mmHg。

e. 在测压点处要装切断阀门,以便压力计和引压导管的检修。对于精度级较高的或量程较小的测量仪表,切断阀门可防止压力的突然冲击或过载。

f. 引压导管不宜过长,以减少压力指示的迟缓。如超过 50m,应选用其他远距离传输的测量仪表。

② 在安装液注式压力计时,要注意安装的垂直度,读数时视线与分界面之弯月面相切。

③ 安装地点应力求避免振动和高温的影响,弹性压力计在高温情况下,其指示值将偏高,因此一般应在低于 50℃ 环境下工作,或利用必要的防高温放热措施。

④ 在测量液体流动管道上下游两点间压差时,若气体混入,形成气液两相流,其测量结果不可取。因为单相流动阻力与气液两相流动阻力的数值及规律性差别很大。例如在离心泵吸入口处是负压,文丘里管等节流式流量计的节流孔处可能是负压,管内液体从高出向低处常压储槽流动时,高段是负压,这些部位有空气漏入时,对测量结果影响很大。

3.2 流速与流量的测量

3.2.1 测速管

3.2.1.1 测速管的结构与测量原理

测速管又称皮托管,由两根弯成直角的同心套管组成,内管管口正对着管中流体流动的方向,外管管口是封闭的,在管外前端壁面四周开有若干测压小孔。为了减小误差,测速管的前端经常做成半球形以减少涡流。测速管的内管与外管分别与 U 形压差计相连（见图 3-4）。内管所测是流体在 A 处时局部动能和静压能之和，称为冲压能。

内管 A 处：$\dfrac{p_A}{\rho} = \dfrac{p}{\rho} + \dfrac{1}{2}u^2$

由于外管壁上的测压小孔与流体方向平行，所以外管仅测得流体的静压能，即外管 B 处 $\dfrac{p_B}{\rho} = \dfrac{p}{\rho}$。U 形管压差计实际反映的是内管和外管静压能之差，即

$$\frac{\Delta p}{\rho} = \frac{p_A}{\rho} - \frac{p_B}{\rho} = \left(\frac{p}{\rho} + \frac{1}{2}u^2\right) - \frac{p}{\rho} = \frac{1}{2}u^2 \qquad (3\text{-}3)$$

则该处的局部速度为 $\qquad u = \sqrt{\dfrac{2\Delta p}{\rho}} \qquad (3\text{-}4)$

将 U 形压差计公式（3-2）代入，可得

$$u = \sqrt{\frac{2Rg(\rho_0 - \rho)}{\rho}} \qquad\qquad (3\text{-}5)$$

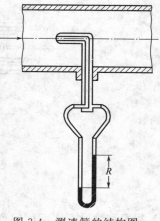

图 3-4 测速管的结构图

由此可知，测速管实际测得的是流体在管截面某处的点速度，因此利用测速管可以测得流体在管内的速度分布。若要获得流量，可对速度流量分布曲线进行积分。也可以利用皮托管测量管中心的最大流速 u_{max}，查取最大速度与平均速度的关系，求出管截面的平均速度，进而计算出流量，此法较常用。

3.2.1.2 测速管的安装

① 必须保证测量点位于均匀流段，一般要求测量点上、下游的直管长度最好大于 50 倍管内径，至少也应大于 8～12 倍。

② 测速管管口截面必须垂直于流体流动方向，任何偏离都将导致负偏差。

③ 测速管的外径 d_0 不应超过管内径 d 的 1/50，即 $d_0 < d/50$。

④ 测速管对流体的阻力较小，适用于测量大直径管道中清洁气体的流速。若流体中含有固体杂质时，易将测压孔堵塞，故不宜采用。此外，测速管的压差读数较小，常常需要放大或用微压计。

3.2.2 孔板流量计

孔板流量计属于压差式流量计，是利用流体流经节流元件产生的压力差来实现流量测量的。孔板流量计的节流元件为孔板，即中央开有圆孔的金属板，将孔板垂直安装在管道中，以一定的取压方式测取孔板前后两端的压差，并与压差计相连，即构成孔板流量计（见图 3-5）。

流体在管道截面 1-1′前，以一定的流速 u_1 流动，因后面有节流元件，当到达截面 1-1′时流体开始收缩，流速即增加。由于惯性的作用，流束的最小截面积并不在孔口处，而是经过孔板后仍继续收缩，到截面 2-2′达到最小，流速达到最大，该处称为缩脉。随后流速又逐渐扩大，慢慢恢复到原有管截面，流速也降到原来的数值。

流体在缩脉处，流速最高，即动能最大，而相应压力就最低，因此当流体以一定流量流经小孔时，在孔前后就产生一定压力差 $\Delta p = p_1 - p_2$。流量越大，Δp 也就越大，所以利用测量压差的方法就可以测量流量。

3.2.2.1 孔板流量计的流量方程

孔板流量计的流量与压差的关系，可由连续性方程和柏努利方程推导。在图 3-5 管截面

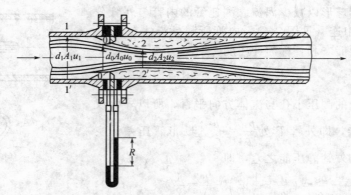

图 3-5 孔板流量计

1-1′ 截面和缩脉 2-2′ 截面间列柏努利方程，暂时不计能量损失，有

$$\frac{p_1}{\rho} + \frac{1}{2}u_1^2 = \frac{p_2}{\rho} + \frac{1}{2}u_2^2$$

变形得

$$\frac{u_2^2 - u_1^2}{2} = \frac{p_1 - p_2}{\rho} \tag{3-6}$$

或

$$\sqrt{u_2^2 - u_1^2} = \sqrt{\frac{2\Delta p}{\rho}}$$

　　由于上式未考虑能量损失，实际上流体流经孔板的能量损失不能忽略不计；另外，缩脉位置不定，A_2 未知，但孔口面积 A_0 已知，为了便于使用可用孔口速度 u_0 替代缩脉处速度 u_2；同时两测压孔的位置也不一定在 1-1′ 和 2-2′ 截面上，所以引入一校正系数 C 来校正上述各因素的影响，则上式变为

$$\sqrt{u_0^2 - u_1^2} = C\sqrt{\frac{2\Delta p}{\rho}} \tag{3-7}$$

　　根据连续性方程，对于不可压缩性流体得

$$u_1 = u_0 \frac{A_0}{A_1} \tag{3-8}$$

将上式代入式(3-7)，整理后得

$$u_0 = \frac{C}{\sqrt{1 - \left(\frac{A_0}{A_1}\right)^2}} \cdot \sqrt{\frac{2\Delta p}{\rho}} \tag{3-9}$$

令 $C_0 = \dfrac{C}{\sqrt{1 - \left(\frac{A_0}{A_1}\right)^2}}$，则 $u_0 = C_0\sqrt{\dfrac{2\Delta p}{\rho}}$ \hfill (3-10)

将 U 形压差计公式(3-2)代入式(3-10)中，得

$$u_0 = C_0\sqrt{\frac{2Rg(\rho_0 - \rho)}{\rho}} \tag{3-10'}$$

根据 u_0 即可计算流体的体积流量

$$V_s = u_0 A_0 = C_0 A_0\sqrt{\frac{2Rg(\rho_0 - \rho)}{\rho}} \tag{3-11}$$

及质量流量

$$m_0 = C_0 A_0\sqrt{2Rg\rho(\rho_0 - \rho)} \tag{3-12}$$

式中，C_0 称为流量系数或孔流系数，其值由实验测定。C_0 主要取决于管道流动的雷诺系数 Re、孔面积与管道面积比 A_0/A_1，同时孔板的取压方式、加工精度、管壁粗糙度等因素也对其有一定的影响。对于取压方式、结构尺寸、加工状况均已规定的标准孔板，流量系数 C_0 可以表示为

$$C_0 = f\left(Re, \frac{A_0}{A_1}\right) \tag{3-13}$$

式中，Re 是以管道的内径 d_1 计算的雷诺数，即

$$Re = \frac{d_1 \rho u_1}{u}$$

对于按标准规格及精度制作的孔板，用角接取压法测得安装在光滑管路中的标准孔板流量计的 C_0 与 A_0/A_1 的关系曲线，如图 3-6 所示。从图中可以看出，对于 A_0/A_1 相同的标准孔板，C_0 是 Re 的函数，并随 Re 的增大而减小。当增大到一定界限值之后，C_0 不再随 Re 变化，成为一个仅取决于 A_0/A_1 的常数。选用或设计孔板流量计时，应尽量使常用流量在此范围内。常用的为 $0.6\sim0.7$。

用式（3-11）或式（3-12）计算流体的流量时，首先确定流量系数 C_0，但 C_0 又与 Re 有关，而管道中的流体流速又是未知，故无法计算，此时可采用试差法。即先假设 Re 超过 Re 界限值，由 A_0/A_1 从图 3-6 中查得，然后根据式（3-11）或式（3-12）计算流量，再计算管道中的流速及相应的 Re。若所得的 Re 值大于界限值 Re_c，则表明原来的假设正确，否则需重新假设 C_0，重复上述计算，直至计算值与假设值相符为止。

由式（3-11）可知，当流量系数 C_0 为常数时，$V_s \propto \sqrt{R}$ 或 $R \propto V_s^2$。表明 U 形压

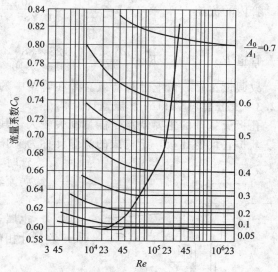

图 3-6 孔板流量计的 C_0 与 Re、A_0/A_1 的关系曲线图

差计的读数 R 与流量的平方成正比，即流量的少量变化将导致读数 R 有较大变化，因此测量的灵敏度较高。此外，由以上关系也可以看出，孔板流量计的测量范围受 U 形压差计量程的限制，同时考虑到孔板流量计的损失随流量的增大而迅速增加，故孔板流量计不适于测量流量范围较大的场合。

3.2.2.2 孔板流量计的安装与优缺点

孔板流量计安装时，上、下游需要有一段内径不变的直管作为稳定段，上游长度至少为管径的 10 倍，下游长度为管径的 5 倍。

孔板流量计结构简单，制造与安装都方便，其主要缺点是能量损失较大。这主要是由于流体流经孔板时，截面的突然缩小与扩大形成大量涡流所致。如前所述，虽然流体经管口后某一位置流速已恢复与孔板前相同，但静压力却不能恢复，产生了永久压力降，即压力降随面积比 A_0/A_1 的减小而增大。同时孔口直径减小时，孔速提高，读数 R 增大，因此设计孔板流量计时应选择适当的面积比 A_0/A_1，以期兼顾到 U 形压差计适宜的读数和允许的压力降。

【例 3-1】 20℃ 苯在 $\Phi133\times4$mm 的钢管中流过，为测量苯的流量，在管中安装一孔径

为 75mm 的标准孔板流量计。当孔板前后 U 形压差计的读数 R 为 80mmHg 时，试求管中的流量（m^2/h）。

解： 查得 20℃ 苯的物性：$\rho=880kg/m^3$，$\mu=0.67\times10^{-3}Pa\cdot s$

面积比
$$\frac{A_0}{A_1}=\left(\frac{d_0}{d_1}\right)^2=\left(\frac{75}{125}\right)^2=0.36$$

设 $Re>Re_c$，由图查得：$C_0=0.684$，$Re_c=1.5\times10^5$。

由式（3-11），苯的体积流量

$$V_s=C_0A_0\sqrt{\frac{2Rg(\rho_0-\rho)}{\rho}}=0.684\times0.758\times0.075^2\sqrt{\frac{2\times0.08\times9.81\times(13600-880)}{880}}$$

$$=0.0136m^3/s=48.96m^3/h$$

校核 Re

管内的流速
$$u=\frac{V_s}{\frac{\pi}{4}d_1^2}=\frac{0.0136}{0.785\times0.125^2}=1.1m/s$$

管道 Re
$$Re=\frac{d_1\rho u}{\mu}=\frac{0.125\times880\times1.1}{0.67\times10^{-3}}=1.81\times10^5>Re_c$$

故假设正确，以上计算有效。苯在管路中的流量为 48.96m^3/h。

3.2.3　文丘里（Venturi）流量计

孔板流量计的主要缺点是能量损失较大，其原因在于孔板前后的突然扩大。若用一段渐缩、渐扩管代替孔板，所构成的流量计称为文丘里流量计或文氏流量计。当流体经过文丘里

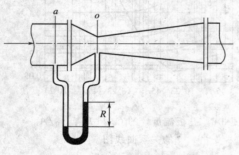

图 3-7　文丘里流量计

管时，由于均匀收缩和逐渐扩大，流速变化平缓，涡流较少，故能量损失比孔板大大减少（见图 3-7）。文丘里流量计的测量原理与孔板流量计相同，也属于压差式流量计。其流量公式也与孔板流量计相似，即

$$V_s=C_vA_0\sqrt{\frac{2Rg(\rho_0-\rho)}{\rho}}\qquad(3-14)$$

式中　C_v——文丘里流量计的流量系数（约为 0.98~0.99）；

A_0——喉管处截面积，m^2。

由于文丘里流量计的能量损失较小，其流量系数较孔板大，因此相同压差计读数 R 时流量比孔板大。文丘里流量计的缺点是加工较难，因而造价高，安装时需占去一定管长位置。

3.2.4　转子流量计

（1）转子流量计的结构与测量原理

转子流量计由一段上粗下细的锥形玻璃管（锥角约为 4°）和管内一个密度大于被测流体的固体转子（或称浮子）所构成（见图3-8）。流体自玻璃管流入，经过转子和管壁之间的环隙，再从顶部流出。

管中无流体通过时，转子沉在管底部。当被测流体以一定流速流经转子与管壁之间的环隙时，由于流道截面减小，流速增大，压力随之降低，于是在转子上、下端面形成一个压差，将转子托起，使转子上浮。随转子的上浮，环隙面积逐渐增大，流速减小，压力增加，从而使转子两端的压差降低。当转子上浮至某一定高度，转子两端面压差造成的升力恰好等于转子的重力时，转子不再上升，而悬浮在该高度。转子流量计玻璃管外表面上刻有流量

值，根据转子平衡时其上端平面所处的位置，即可读取相应的流量。

（2）转子流量计的流量方程

转子流量计的流量方程可根据转子受力平衡导出。

取转子下端截面为 1-1′，上端截面为 0-0′，用 V_f、A_0、ρ_f 分别表示转子的体积、最大截面积和密度。当转子处于平衡位置时，转子两端面压差造成的升力等于转子的重力，即

$$(p_1 - p_0)A_f = \rho_f V_f g \tag{3-15}$$

p_1、p_0 的关系在 1-1′ 和 0-0′ 截面间列伯努利方程获得

$$\frac{p_1}{\rho} + \frac{u_1^2}{2} + z_1 g = \frac{p_0}{\rho} + \frac{u_0^2}{2} + z_0 g$$

整理

$$p_1 - p_0 = (z_0 - z_1)\rho g + \frac{\rho}{2}(u_0^2 - u_1^2)$$

将上式两端同乘以转子最大截面积 A_f，则有

$$(p_1 - p_0)A_f = A_f(z_0 - z_1)\rho g + A_f \frac{\rho}{2}(u_0^2 - u_1^2) \tag{3-16}$$

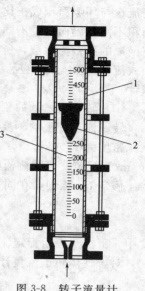

图 3-8　转子流量计
1—锥形玻璃管；2—转子；3—刻度

由此可见，流体作用与转子的升力 $(p_1-p_0)A_f$ 由两部分组成：一部分是两截面的位差，此部分作用于转子的力即为流体的浮力，其大小为 $A_f(z_0 - z_1)\rho g$，即 $V_f\rho g$；另一部分是两截面的动能差，其值为 $A_f\frac{\rho}{2}(u_0^2 - u_1^2)$。

将式（3-15）与式（3-16）联立，得

$$V_f(\rho_f - \rho)g = A_f \frac{\rho}{2}(u_0^2 - u_1^2) \tag{3-17}$$

根据连续性方程 $u_1 = u_0 \frac{A_0}{A_1}$，将上式代入式（3-17）中，有

$$V_f(\rho_f - \rho)g = A_f \frac{\rho}{2} u_0^2 \left[1 - \left(\frac{A_0}{A_1}\right)^2\right]$$

整理得

$$u_0 = \frac{1}{\sqrt{1 - \left(\frac{A_0}{A_1}\right)^2}} \sqrt{\frac{2V_f(\rho_f - \rho)g}{\rho A_f}} \tag{3-18}$$

考虑到表面摩擦和转子形状的影响，引入校正系数 C_R，则有

$$u_0 = C_R \sqrt{\frac{2V_f(\rho_f - \rho)g}{\rho A_f}} \tag{3-19}$$

此式即为流体流过环隙时的速度计算式，C_R 又称为转子流量计的流量系数。转子流量计的体积流量为

$$V_s = A_R C_R \sqrt{\frac{2V_f(\rho_f - \rho)g}{\rho A_f}} \tag{3-20}$$

式中　A_R——转子上端面处环隙面积。

转子流量计的流量系数 C_R 与转子的形状和流体流动时的 Re 有关。对于一定形状的转子，当 Re 达到一定值后，C_R 为常数。

由式（3-19）可知，对于一定的转子和被测流体，V_f、A_f、ρ_f、ρ 为常数，当 Re 较大时，C_R 也为常数，故 u_0 为一定值，即无论转子停在任何一个位置，其环隙流速 u_0 是恒定的。

而流量与环隙面积成正比，由于玻璃管为下小上大的锥体，当转子停留在不同高度时，环隙面积不同，因而流量不同。当流量变化时，力平衡关系式(3-16)并未改变，也即转子上、下两端的压差为常数，所以转子流量计的特点为恒压差、恒环隙流速而变流通面积，属于截面式流量计。与之相反，孔板流量计则是恒流通面积，而压差随流量变化，为差压式流量计。

(3) 转子流量计的刻度换算

转子流量计上的刻度，是在出厂前用某种流体进行标定的。一般液体流量计用 20°C 的水（密度为 $1000kg/m^3$）标定，而气体流量计则用 20°C 和 101.3kPa 下的空气（密度为 1.2 kg/m^3）标定。当被测流体与上述条件不符时，应进行刻度换算。

假定 C_R 相同，在同一刻度下，有

$$\frac{V_{s2}}{V_{s1}} = \sqrt{\frac{\rho_1(\rho_f - \rho_2)}{\rho_2(\rho_f - \rho_1)}} \tag{3-21}$$

式中，下标 1 表示标定流体的参数，下标 2 表示实际被测流体的参数。

对于气体转子流量计，因转子材料的密度远大于气体密度，式(3-21) 可简化为

$$\frac{V_{s2}}{V_{s1}} = \sqrt{\frac{\rho_1}{\rho_2}} \tag{3-22}$$

转子流量计读数方便，流动阻力很小，测量精度较高，对不同的流体适用性广。缺点是玻璃管不能经受高温和高压，在安装使用过程中容易破碎。

【例 3-2】 某气体转子流量的量程范围为 $4\sim60m^3/h$。现用来测量压力为 60kPa（表压）、温度为 50°C 的氨气，转子流量计的读数应如何校正？此时流量量程的范围又为多少？（设流量系数 C_R 为常数，当地大气压为 101.3kPa）

解：操作条件下氨气的密度

$$\rho_2 = \frac{pM}{RT} = \frac{(101.3+60)\times10^3\times0.017}{8.31\times(273+50)} = 1.022kg/m^3$$

则

$$V_s = A_R C_R \frac{V_{s2}}{V_{s1}} = \sqrt{\frac{\rho_1}{\rho_2}} \sqrt{\frac{1.2}{1.022}} = 1.084$$

即同一刻度下，氨气的流量范围应是空气流量的 1.084 倍。

此时转子流量计的流量范围为 $4\times1.084\sim60\times1.084m^3/h$，即 $4.34\sim65.0m^3/h$。

3.3　温度的测量

按测温原理的不同，温度的测量大致有以下几种方式。

① 热膨胀　固体的热膨胀；液体的热膨胀；气体的热膨胀。

②电阻变化　导体或半导体受热后电阻发生变化。

③ 热点效应　不同材质导线连接的闭合回路，两接点的温度如果不同，回路内就产生热电势。

④ 热辐射　物体的热辐射随温度的变化而变化。

⑤ 其他　射流测温、涡流测温、激光测温等。

各种温度计的比较见表 3-1。

3.3.1　玻璃管温度计

(1) 常用玻璃管温度计

特点：玻璃管温度计结构简单、价格便宜、读数方便，而且有较高的精确度。

表 3-1 各种温度计的比较

类型	工作原理	种类	使用温度范围/℃	优 点	缺 点
接触式	热膨胀	玻璃管温度计	$-80\sim500$	结构简单,使用方便,测量准确,价格低廉	测量上限和精度受玻璃质量限制,易碎,不能记录且远传精度低,量程和使用范围易有限制
		双金属温度计	$-80\sim500$	结构简单,机械强度大,价格低廉	
		压力式温度计	$-100\sim500$	结构简单,不怕振动,具有防爆性,价格低廉	精度低,测温距离较远时,仪表的滞后现象较严重
	热电阻	铂、铜电阻温度计	$-200\sim600$	测温精度高,便于远距离、仪器测量和自动控制	不能测量高温,由于体积大,测量点温度较困难
		半导体温度计	$-50\sim300$		
	热电偶	铜-康铜温度计	$-100\sim300$	测温范围广,精度高,便于远距离、集中测量和自动控制	需要进行冷端补偿,在低温段测量时精度低
		铂-铂铑温度计	$200\sim1800$		
非接触式	辐射	辐射式温度计	$100\sim2000$	感温元件不破坏被测物体的温度场,测温范围广	只能测高温,低温段测量不准,环境条件会影响测量准确度

种类:实验室用得最多的是水银温度计和有机液体温度计。水银温度计测量范围广、刻度均匀、读数准确,但玻璃管破损后会造成汞污染。有机液体(乙醇或苯等)温度计着色后读数明显,但由于膨胀系数随温度而变化,故刻度不均匀,读数误差较大。

(2) 玻璃管温度计的安装使用

① 玻璃管温度计应安装在没有大的振动、不易受碰撞的设备上,特别是有机液体的温度计,如果振动很大,容易使液柱中断。

② 玻璃管温度计的感温泡中心应处于温度最敏感处。

③ 玻璃管温度计应安装在便于读数的场所。不能倒装,也应尽量不要倾斜安装。

④ 为了减少读数误差,应在玻璃管温度计保护管中加入甘油、变压器油等,以排除空气等不良导体。

⑤ 水银温度计读数时按凸面最高点读数;有机液体玻璃温度计则按凹面最低点读数。

⑥ 为了准确的测定温度,用玻璃管温度计测定温度时,如果指示液柱没有全部插入欲测的物体中,会使测定值不准确,必要时须进行校正。

(3) 玻璃管温度计的校正

玻璃管温度计有以下两种校正方法。

① 与标准温度计在同一状况下比较

实验室内将被校验的玻璃管温度计与标准温度计插入恒温槽中,待恒温槽的温度稳定后,比较被校验温度计与标准温度计的示值。示值误差的校验应采用升温校验,因为对于有机液体来说它与毛细管壁有附着力,在降温时,液柱下降时会有部分液体停留在毛细管壁上,影响读数准确。水银玻璃管温度计在降温时也会因摩擦发生滞后现象。

② 利用纯质相变点进行校正

用水和冰的混合液校正 0℃。

用水和水蒸气校正 100℃。

3.3.2 热电偶温度计

(1) 热电偶温度计原理

热电偶是根据热点效应制成的一种测温元件。它结构简单,坚固耐用,使用方便,精度高,测量范围宽,便于远距离、多点、集中测量和制动控制,是一种应用很广泛的温度计。

如果取两根材料不同的金属，其自由电子密度不同，当两种金属接触时，在两种金属的交界处，就会因电子密度不同而产生电子扩散，扩散结果在两金属接触面两侧形成静电场即接触电势差。这种接触电势差仅与两金属的材料和接触点的温度有关，温度越高，金属中自由电子越活泼，致使接触处所产生的电场强度增加，接触面电动势也相应地增高，由此可制成热电偶测温计。

（2）常见热电偶的特性

常见的几种热电偶特性数据见表 3-2。使用者可以根据表中列出的数据，选择合适的二次仪表，确定热电偶的使用范围。

表 3-2　常用热电偶特性表

热电偶名称	型号	分度号	100℃的热电偶/mV	最高使用温度	
				长期	短期
铂铑 10 *-铂	WRLB	LB-3	0.643	1300	1600
镍铬-考铜	WREA	EA-2	6.95	600	800
镍铬-铜硅	WRN	EU-2	4.095	900	1200
铜-康铜	WRCK	CK	4.29	200	300

注：10 * 指含量为 10%。

（3）热电偶的校验

① 对新焊好的热电偶需校对电势-温度是否符合标准，检查有无复制性，或进行单个标定。

② 对所用热电偶定期进行校验，测出校正曲线，以便对高温氧化产生的误差进行校正。

3.3.3　热电阻温度计

热电阻温度计是一种用途极广的测温仪器。它具有测量精度高，性能稳定，灵敏度高，信号可以远距离传送和记录等特点。热电偶温度计包括金属丝电阻温度计和热敏电阻温度计两种。电阻温度计的性质如表 3-3 所示。

表 3-3　电阻温度计的性质

种　类	使用温度范围/℃	温度系数/℃$^{-1}$
铂电阻温度计	−260～630	+0.0039
镍电阻温度计	150 以下	+0.0062
铜电阻温度计	150 以下	+0.0043
热敏电阻温度计	350 以下	−0.06～−0.03

3.3.4　热敏电阻温度计

热敏电阻温度计是在锰、镍、钴、铁、锌、钛、镁等金属的氧化物中分别加入其他化合物制成的。热敏电阻和金属导体的热电阻不同，它属于半导体，具有负电阻温度系数，其电阻值随温度的升高而减小，随温度降低而增大，虽然温度升高粒子的无规则运动加剧，引起自由电子迁移率略有下降，然而自由电子数目随温度升高而增加得更快，所以温度升高其电阻值下降。

实 验 部 分

实验 1　离心泵特性曲线的测定

一、实验目的

1. 了解离心泵的结构与特性。
2. 熟悉离心泵的启动及操作。
3. 掌握离心泵特性曲线的测定方法。

二、实验原理

离心泵主要特性参数有流量、扬程、功率和效率。这些参数不仅表征泵的性能，也是选择和正确使用泵的主要依据。

1. 泵的流量

泵的流量 $V_s(\mathrm{m^3/s})$ 即泵的送液能力，是指单位时间内泵所排出的液体体积。泵的流量可直接由一定时间 t 内排出液体的体积 V 或质量 m 来测定。即

$$V_s = \frac{V}{t} \tag{1-1}$$

或

$$V_s = \frac{m}{\rho t} \tag{1-2}$$

若泵的输送系统中安装有经过标定的流量计时，泵的流量也可由流量计测定。当系统中装有孔板流量计时，流量大小由压差计显示，流量 V_s 与倒置 U 形管压差计读数 R 之间存在如下关系：

$$V_s = C_0 S_0 \sqrt{2gR} \tag{1-3}$$

式中　C_0——孔板流量系数；

S_0——孔板的锐孔面积，$\mathrm{m^2}$。

2. 泵的扬程

若以泵的压出管路中装有压力表处为 B 截面，以吸入管路中装有真空表处为 A 截面，并在此两截面之间列机械能衡算式，则可得出泵扬程 H_e 的计算公式：

$$H_e = H_0 + \frac{p_B - p_A}{\rho g} + \frac{u_B^2 - u_A^2}{2g} \tag{1-4}$$

式中　p_B——由压力表测得的表压强，Pa；

p_A——由真空表测得的真空度，Pa；

H_0——A、B 两个截面之间的垂直距离，m；

u_A——A 截面处的液体流速，m/s；

u_B——B 截面处的液体流速，m/s。

在单位时间内，液体从泵中实际所获得的功，即为泵的有效功率。若测得泵的流量为 $V_s(\mathrm{m^3/s})$，扬程为 $H_e(\mathrm{m})$，被输送液体的密度为 $\rho(\mathrm{kg/m^3})$，则

$$N_e = V_s H_e \rho g \tag{1-5}$$

泵轴所作的实际功率不可能全部为被输送液体所获得，其中部分消耗于泵内的各种能量损失。电动机所消耗的功率又大于泵轴所作出的实际功率。电机所消耗的功率 $N(\mathrm{W})$ 可直接由输入电压 U 和电流 I 测得，即

$$N=UI \tag{1-6}$$

3. 泵的总效率

泵的总效率可由测得的泵有效功率和电机实际消耗功率计算得出，即

$$\eta=\frac{N_e}{N} \tag{1-7}$$

这时得到的泵的总效率除了泵的效率外，还包括传动效率和电机的效率。

4. 泵的特性曲线

上述各项泵的特性参数并不是孤立的，而是相互制约的。因此，为了准确全面地表征离心泵的性能，需在一定转速下，将实验测得的各项参数即 H_e、N、η 与 V_s 之间的变化关系标绘成一组曲线。这组关系曲线称为离心泵特性曲线，如图 1 所示。离心泵特性曲线对离心泵的操作性能得到完整的诠释，并由此可确定泵的最适宜操作状态。

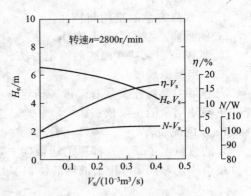

图 1　离心泵特性曲线

通常，离心泵在恒定转速下运转，因此泵的特性曲线是在一定转速下测得的。若改变了转速，泵的特性曲线也将随之而异。泵的流量 V、扬程 H_e 和有效功率 N_e 与转速 n 之间，大致存在如下比例关系

$$\frac{V_s}{V_s'}=\frac{n}{n'}; \qquad \frac{H_e}{H_e'}=\left(\frac{n}{n'}\right)^2; \qquad \frac{N_e}{N_e'}=\left(\frac{n}{n'}\right)^3 \tag{1-8}$$

三、实验装置

本实验装置主体设备为一台单级单吸离心水泵。为了便于观察，泵壳端盖用透明材料制成。电动机直接连接半敞式叶轮。离心泵与循环水槽、分水槽和各种测量仪表构成一个测试系统。实验装置及其流程如图 2 所示。

泵将循环水槽中的水，通过吸入导管吸入泵体，在吸入导管上端装有真空表，下端装有底阀（单向阀）。底阀的作用是当注水槽向泵体内注水时，防止水漏出。

水由泵的出口进入压出导管。压出导管沿程装有压力表、调节阀和孔板流量计。由压出导管流出的水，用转向弯管送入分流槽。分流槽分为两格，其中一格的水可流出用以计量，另一格的水可流回循环槽。根据实验内容不同可用转向弯管进行切换。

四、实验方法

在离心泵性能测定前，按下列步骤进行启动操作。

① 充水　打开注水槽下的阀门，将水灌入泵内。在灌水过程中，需打开调节阀，将泵内空气排除。当从透明端盖中观察到泵内已灌满水后，将注水阀门关闭。

② 启动　启动前，先确认泵出口调节阀关闭，变压器调回零点，然后合闸接通电源。缓慢调节变压器至额定电压（220V），泵即随之启动。

③ 运行　泵启动后，叶轮旋转无振动和噪声，电压表、电流表、压力表和真空表指示稳定，则表明运行已经正常，即可投入实验。

实验时，逐渐分步调节出口调节阀。每调定一次阀的开启度，待状况稳定后，即可进行

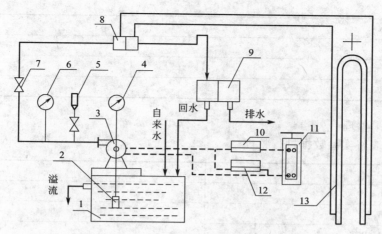

图 2　离心泵实验流程

1—循环水槽；2—底阀；3—离心泵；4—真空表；5—注水槽；6—压力表；

7—调节阀；8—孔板流量计；9—分流槽；10—电流表；11—调压

变压器；12—电压表；13—倒置 U 形管压差计

以下测量。

① 将出水转向弯头由分水槽的回流格拨向排水格，同时用秒表计取时间，用容器取一定水量。用称量或量取体积的方法测定水的体积流率（这时要接好循环水槽的自来水源）。

② 从压强表和真空表上读取压强和真空度的数值。

③ 记取孔板流量计的压差计读数。

④ 从电压表和电流表上读取电压和电流值。

实验完毕，应先将泵出口调节阀关闭，再将调压变压器调回零点，最后再切断电源。

五、实验结果

1. 基本参数

（1）离心泵

流量　$V_s = 0.000333 \text{m}^3/\text{s}$　　　　　扬程　$H_e = 5\text{m}$

功率　$N = 120\text{W}$　　　　　　　　　转速　$n = 2800\text{r/min}$

（2）管道

吸入导管外径　$d_1 = 20.8\text{mm}$　　　压出导管内径　$d_2 = 14\text{mm}$

A、B 两截面间垂直距离　$H_0 = 0\text{mm}$

（3）孔板流量计

锐孔直径　$d_0 = 14\text{mm}$　　　　　　导管内径　$d_1 = 14\text{mm}$

2. 实验数据

将实验测得的数据，可参考下表进行记录。

水的温度 $T/℃$	
水的密度 $\rho/(\text{kg/m}^3)$	
水柱压差计读数 $R/\text{mmH}_2\text{O}$	
水的质量 m/kg	
接水时间 t/s	

续表

表压强 p_B/MPa	
真空度 p_A/MPa	
电压 U/V	
电流 I/A	

3. 实验结果整理
① 参考下表将实验数据进行整理。

流量 V_s/(m³/s)	
扬程 H_e/m	
有效功率 N_e/W	
实际消耗功率 N/W	
总效率 η	

② 将实验数据标绘成孔板流量计的流量标定曲线，并求取孔板流量计的孔流系数。
③ 将实验数据整理结果标绘成离心泵的特性曲线。

实验 2 管道流体阻力的测定

一、实验目的
1. 测定光滑管和粗糙管因阻力造成的压头损失和摩擦系数。
2. 测定阀门和孔板流量计等因阻力造成的压头损失和局部阻力系数。

二、实验原理
当不可压缩流体在圆形导管中流动时，在管路系统内任意两个截面之间列出机械能衡算方程为

$$gz_1 + \frac{p_1}{\rho} + \frac{1}{2}u_1^2 = gz_2 + \frac{p_2}{\rho} + \frac{1}{2}u_2^2 + h_f \tag{2-1}$$

或

$$z_1 + \frac{p_1}{\rho g} + \frac{u_1^2}{2g} = z_2 + \frac{p_2}{\rho g} + \frac{u_2^2}{2g} + H_f \tag{2-2}$$

式中 z——流体的位压头，m 液柱；

p——流体的压强，Pa；

u——流体的平均流速，m/s；

ρ——流体密度，kg/m³；

h_f——流动系统内因阻力造成的能量损失，J/kg；

H_f——单位质量流体因流体阻力所造成的能量损失，即所谓压头损失，m 液柱。

符号下标 1 和 2 分别表示上游和下游截面上的数值。

假设：① 水作为试验物系，则水可视为不可压缩液体；

② 试验导管是按水平装置的，则 $z_1 = z_2$；

③ 试验导管的上下游截面上的横截面积相同，则 $u_1 = u_2$。

因此式(2-1) 和式(2-2) 可分别简化为

$$h_f = \frac{p_1 - p_2}{\rho} \tag{2-3}$$

$$H_f = \frac{p_1 - p_2}{\rho g} \tag{2-4}$$

由此可见，因阻力造成的能量损失（压头损失），可由管路系统的两截面之间的压力差（压头差）来测定。

当流体在圆形直管内流动时，流体因摩擦阻力所造成的能量损失（压头损失）有如下一般关系：

$$h_f = \frac{p_1 - p_2}{\rho} = \lambda \frac{l}{d} \times \frac{u^2}{2} \tag{2-5}$$

或

$$H_f = \frac{p_1 - p_2}{\rho g} = \lambda \frac{l}{d} \times \frac{u^2}{2g} \tag{2-6}$$

式中　d——圆形直管的管径，m；

　　　l——圆形直管的长度，m；

　　　λ——摩擦系数，无量纲。

大量实验研究表明：摩擦系数 λ 与流体密度 ρ 和黏度 μ，管径 d、流速 u 和管壁粗糙度 ε 有关。应用因次分析的方法，可以得出摩擦系数与雷诺数和管壁相对粗糙度 ε/d 存在函数关系，即

$$\lambda = f\left(Re, \frac{\varepsilon}{d}\right) \tag{2-7}$$

通过实验测得 λ 和 Re 数据，可以在双对数坐标上标绘出实验曲线。当 $Re < 2000$ 时，摩擦系数 λ 与管壁粗糙度 ε 无关。当流体在直管中呈湍流时，λ 不仅与雷诺数有关，而且与管壁相对粗糙度有关。

当流体流过管路系统时，因遇各种管件、阀门和测量仪表等而产生局部阻力，所造成的能量损失（压头损失）有如下关系式：

$$h'_f = \xi \frac{u^2}{2}$$

$$H'_f = \xi \frac{u^2}{2g}$$

式中　u——连接管件等的直管中流体的平均流速，m/s；

　　　ξ——局部阻力系数，无量纲。

由于造成局部阻力的原因和条件极为复杂，各种局部阻力系数的具体数值都需要通过实验直接测定。

三、实验装置

本实验装置主要由循环水系统（或高位稳压水槽）、试验管路系统和高位排气水槽串联组合而成。每条测试管的测压口通过转换阀组与压差计连通。

压差由一倒置 U 形水柱压差计显示。孔板流量计的读数由另一倒置 U 形水柱压差计显示。该装置的流程如图 1 所示。

试验管路系统由五条玻璃直管平行排列，经 U 形弯管串联连接而成。每条直管上分别配置光滑管、粗糙管、骤然扩大与缩小管、阀门和孔板流量计。每根试验管测试段长度，即两测压口距离均为 0.6m。流程图中标出的符号 G 和 D 分别表示上游测压口（高压侧）和下游测压口（低压侧）。测压口位置的配置，为保证上游测压口距 U 形弯管接口的距离，以及下游测压口距造成局部阻力处的距离，均大于 50 倍管径。

作为试验用水，用循环水泵或直接用自来水由循环水槽送入试验管路系统，由下而上依次流经各种流体阻力试验管，最后流入高位排气水槽。由高位排气水槽溢流出来的水，返回

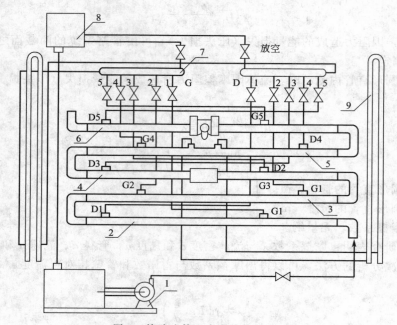

图1　管路流体阻力实验装置流程

1—循环水泵；2—光滑试验管；3—粗糙试验管；4—扩大与缩小试验管；5—孔板
流量计；6—阀门；7—转换阀组；8—高位排气水槽；9—U形水柱压差计

循环水槽。

水在试验管路中的流速，通过调节阀加以调节。流量由试验管路中的孔板流量计测量，并由压差计显示读数。

四、实验方法

实验前准备工作须按如下步骤顺序进行操作。

① 先将水灌满循环水槽，然后关闭试验导管入口的调节阀，再启动循环水泵。待泵运转正常后，先将试验导管中的旋塞阀全部打开，并关闭转换阀组中的全部旋塞，然后缓慢开启试验导管的入口调节阀。当水流满整个试验导管，并在高位排气水槽中有溢流水排出时，关闭调节阀，停泵。

② 检查循环水槽中的水位，一般需要再补充些水，防止水面低于泵吸入口。

③ 逐一检查并排除试验导管和连接管线中可能存在的空气泡。排除空气泡的方法是，先将转换阀组中被检一组测压口旋塞打开，然后打开倒置U形水柱压差计顶部的放空阀，直至排尽空气泡再关闭放空阀，必要时可在流体流动状态下，按上述方法排除空气泡。

④ 调节倒置U形压差计的水柱高度。先将转换阀组上的旋塞全部关闭，然后打开压差计顶部放空阀，再缓慢开启转换阀组中的放空阀，这时压差计中液面徐徐下降。当压差计中的水柱高度居于标尺中间部位时，关闭转换阀组的放空阀。为了便于观察，在临实验前，可由压差计顶部的放空处滴入几滴红墨水，将压差计水柱染红。

⑤ 在高位排水槽中悬挂一支温度计，用以测量水的温度。

⑥ 实验前需对孔板流量计进行标定，作出流量标定曲线。

实验测定时，按如下步骤进行操作。

① 先检查试验导管中旋塞是否置于全开位置，其余测压旋塞和试验系统入口调节阀是否全部关闭。检查完毕，启动循环水泵。

② 待泵运转正常后，根据需要缓慢开启调节阀调节流量，流量大小由孔板流量计的压差计显示。

③ 待流量稳定后，将转换阀组中与需要测定管路相连的一组旋塞置于全开位置。这时测压口与倒置 U 形水柱压差计接通，即可记录由压差计显示出压强降。

④ 当需改换测试部位时，只需将转换阀组由一组旋塞切换为另一组旋塞。例如，将 G_1 和 D_1 一组旋塞关闭，打开另一组 G_2 和 D_2 旋塞。这时，压差计与 G_1 和 D_1 测压口断开，而与 G_2 和 D_2 测压口接通，压差计显示读数即为第二支测试管的压强降。以此类推。

⑤ 改变流量，重复上述操作，测得各试验导管中不同流速下的压强降。

⑥ 当测定旋塞在同一流量不同开度的流体阻力时，由于旋塞开度变小，流量必然会随之下降，为了保持流量不变，需将入口调节阀作相应调节。

⑦ 每测定一组流量与压强降数据，同时记录水的温度。

五、实验结果

1. 实验基本参数

（1）光滑试验管

管的内径 $d=17mm$ 测试段长度 $l=600mm$

（2）粗糙试验管

管的内径 $d=17mm$ 测试段长度 $l=600mm$

粗糙度 $\varepsilon=0.4mm$ 相对粗糙度 $\varepsilon/d=0.0235$

（3）阀门

连接管内径 $d=17mm$

旋塞的孔径 $d_v=12mm$ 测试段长度 $l=600mm$

（4）孔板流量计

连接管的内径 $d=17mm$ 测试段长度 $l=600mm$

孔板的孔径 $d_0=11mm$ 孔板流量系数 $C_0=0.6613$

2. 实验数据

孔板流量计的压差计读数 R/mmH_2O	
水的流量 $V_s/(m^3/s)$	
水的温度 $T/℃$	
水的密度 $\rho/(kg/m^3)$	
水的黏度 $\mu/Pa \cdot s$	
光滑管压头损失 H_{f1}/mmH_2O	
粗糙管压头损失 H_{f2}/mmH_2O	
旋塞压头损失（全开）H'_{f1}/mmH_2O	
孔板流量计压头损失 H''_{f1}/mmH_2O	

3. 数据整理

水的流速 $u/(m/s)$	
雷诺数 Re	
光滑管摩擦系数 λ_1	
粗糙管摩擦系数 λ_2	
孔板流量计局部阻力系数 ζ_1	

列出表中各项计算公式。

4. 标绘 $Re-\lambda$ 实验曲线

实验3　固体流态化流动特性的测定

一、实验目的

1. 测定流态化曲线。
2. 测定临界流化速度。
3. 测定固定床阶段的摩擦系数。

二、实验原理

当流体流经固定床内固体颗粒之间的空隙时，随着流速的增大，流体与固体颗粒之间产生的阻力也随之增大，床层的压强降则不断升高。

为表达流体流经固定床时的压强降与流速的函数关系，曾提出过多种经验公式。现将一种较为常用的公式介绍如下。

流体流经固定床的压降，可以仿照流体流经空管时的压降公式（Moody 公式）列出。即

$$\Delta p = \lambda_m \frac{H_m}{d_p} \times \frac{\rho u_0^2}{2} \tag{3-1}$$

式中　H_m——固定床层的高度，m；

d_p——固体颗粒的直径，m；

u_0——流体的空管速度，m/s；

ρ——流体的密度，kg/m³；

λ_m——固定床的摩擦系数。

固体床的摩擦系数 λ_m 可以直接由实验测定。根据实验结果，厄贡（Ergun）提出如下经验公式

$$\lambda_m = 2\left(\frac{1-\varepsilon_m}{\varepsilon_m^3}\right)\left(\frac{150}{Re_m}+1.75\right) \tag{3-2}$$

式中　ε_m——固定床的空隙率；

Re_m——修正雷诺数。

Re_m 由颗粒直径 d_p、床层空隙率 ε_m、流体密度 ρ、流体黏度 μ 和空管流速 u_0 决定，按下式计算

$$Re_m = \frac{d_p \rho u_0}{\mu} \times \frac{1}{1-\varepsilon_m} \tag{3-3}$$

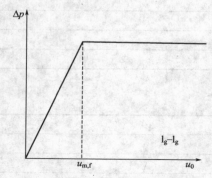

图1　流体流经固定床和流化床时的压力降

由固定床向流化床转变时的临界速度 u_{mf} 也可由实验直接测定。实验测定不同流速下的床层压降，再将实验数据标绘在双对数坐标上，由作图法即可求得临界流化速度，如图1所示。

为计算临界流化速度，研究者们也曾提出过各种计算公式。下面介绍的为一种半理论半经验的公式。

当流态化时，流体流动对固体颗粒产生的向上作用力，应等于颗粒在流体中的净重力，即

$$\Delta p S = H_f S(1-\varepsilon_f)(\rho_s-\rho)g \tag{3-4}$$

式中 S——床层的横截面积，m^2；

       H_f——床层的高度，m；

       ε_f——床层的空隙率；

       ρ_s——固体颗粒的密度，kg/m^3；

       ρ——流体的密度，kg/m^3。

由此可得出流化床压力降的计算式

$$\Delta p = H_f(1-\varepsilon_f)(\rho_s-\rho)g \tag{3-5}$$

当床层处于由固定床向流化床转变的临界点时，固定床压力降的计算式与流化床的计算式应同时适用。这时，$H_f = H_{m,f}$，$\varepsilon_f = \varepsilon_m = \varepsilon_{m,f}$，$u_0 = u_{m,f}$，因此联立式（3-1）和式（3-5）即可得临界流化速度的计算式

$$u_{m,f} = \left[\frac{1}{\lambda_m} \times \frac{2d_p(1-\varepsilon_{m,f})(\rho_s-\rho)g}{\rho}\right]^{1/2} \tag{3-6}$$

若式中固定床的摩擦系数 λ_m 按式（3-2）计算，则联立式（3-2）和式（3-6）即可计算得到临界流化速度。

最后，尚需进一步指出，由实验数据关联得出的固定床压力降和临界流化速度的计算公式，除以上介绍的算式之外，文献中报道的至今已达数十种之多。但大都不是形式过于复杂，就是应用局限性和误差较大。一般用实验方法直接测量最为可靠，而这种实验方法又较为简单可行。

流化床的特性参数，除上述外，还有密相流化与稀相流化临界点的带出速度 u_f、床层的膨胀比 R 和流化数 K 等，这些都是设计流化床设备时的重要参数。流化床的床高 H_f 与静床层的高度 H_0 之比，称为膨胀比，即

$$R = H_f/H_0 \tag{3-7}$$

流化床实际采用的流化速度 u_f 与临界流化速度 $u_{m,f}$ 之比称为流化数，即

$$K = u_f/u_{m,f} \tag{3-8}$$

三、实验装置

本实验装置采用气-固和液-固系统两套设备并列。设备主体均采用圆柱形的自由床，分别填充球粒状硅胶和玻璃微珠。分布器采用筛网和填满玻璃球的圆柱体。柱顶装有过滤网，以阻止固体颗粒带出设备外。床层上均有测压口与压差计相接。

液-固系统的流程如图2所示。水自循环水泵或高位稳压水槽，经调节阀和孔板流量计，由设备底部进入。水进入设备后，经过分布器分布均匀，由下而上通过颗粒层，最后经顶部滤网排入循环水槽。水流量由调节阀调节，并由孔板流量计的压差计显示读数。

气-固系统的流程如图3所示。空气自风机经调节阀和孔板流量计，由设备底部进入。空气进入设备后，经分布器分布均匀，由下而上通过颗粒层，最后经顶部滤网排空。空气流量由调节阀和放空阀联合调节，并由孔板流量计的压差计显示读数。

四、实验方法

本实验可分两步进行：第一步，观察并比较液-固系统流化床和气-固系统流化床的流动状况；第二步，实验测定空气或水通过固体颗粒层的特性曲线。

在实验开始前，先按流程图检查各阀门开闭情况。将水调节阀和空气调节阀全部关闭，空气放空阀完全打开。然后，再启动循环水泵和风机。

待循环水泵和风机运转正常后，先徐徐开启水调节阀，使水流量缓慢增大，观察床层的变化过程；然后再徐徐开启空气调节阀和关小放空阀，联合调节改变空气流量，观察床层的变化过程。

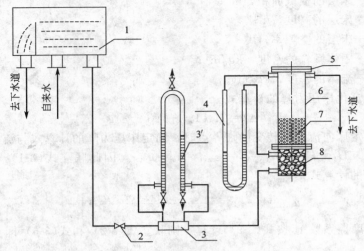

图 2　液-固系统流程

1—高位稳压水槽；2—水调节阀；3—孔板流量计；3′—倒置 U 形压差计；
4—U 形压差计；5—滤网；6—床体；7—固体颗粒层；8—分布器

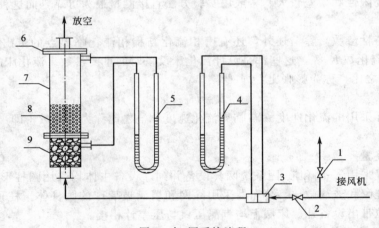

图 3　气-固系统流程

1—放空阀；2—空气调节阀；3—孔板流量计；4—孔板流量计的压差计；
5—压差计；6—滤网；7—床体；8—固体颗粒层；9—分布器

完成第一步实验操作后，先关闭水调节阀，再停泵，继续进行第二步实验操作。在不同空气流速下，测定床层的压力降和床层高度，可使流量由小到大，再由大到小反复进行。实验毕，先打开放空阀，后半闭调节阀，再停机。

五、实验结果

1. 记录实验设备和操作的基本参数

（1）设备参数

柱体内径　$d=50\text{mm}$　　　　　　　静床层高度 $H_0=100\text{mm}$

空气孔板流量计的锐孔直径　$d_0=3\text{mm}$　空气孔板流量计的孔流系数　$C_0=0.6025$

水的孔板流量计的锐孔直径　$d_0=7\text{mm}$　水的孔板流量计的孔流系数　$C_0=0.61$

（2）固体颗粒基本参数

固体种类：气-固系统（硅胶球）　　　　　　液-固系统（玻璃微珠）

颗粒形状：

平均粒径：$d_p = 0.35mm$；

颗粒密度：$\rho_s = 924kg/m^3$；

堆积密度：$\rho_b = 475kg/m^3$；

空隙率：$\varepsilon = \dfrac{\rho_s - \rho_b}{\rho_s}$，$\varepsilon = 0.486$；

$d_p = 1.5mm$

$\rho_s = 1937kg/m^3$

$\rho_b = 1160kg/m^3$

$\varepsilon = 0.401$

（3）流体物性数据

流体种类：　　　空气　　　　　　　　　　水

温度　$T_g = $ ＿＿＿＿＿℃；　　　　　$T_t = $ ＿＿＿＿＿℃

密度　$\rho_g = $ ＿＿＿＿＿kg/m^3；　　　$\rho_t = $ ＿＿＿＿＿kg/m^3

黏度　$\mu_g = $ ＿＿＿＿＿$Pa \cdot s$；　　　$\mu_t = $ ＿＿＿＿＿$Pa \cdot s$

2. 将测得的实验数据，参考下表进行记录。

空气流量	R/mmH_2O	
	$V_s/(m^3/s)$	
空气空塔速度 $u_0/(m/s)$		
床层压降 $\Delta p/mmH_2O$		
床层高度 H/mm		

水的温度 $T/℃$		
水的密度 $\rho/(kg/m^3)$		
水的黏度 $\mu/Pa \cdot s$		
水的流量	R/mmH_2O	
	$V_s/(m^3/s)$	
空塔速度 $u_0/(m/s)$		
床层压降 $\Delta p/mmH_2O$		
床层高度 H/mm		

3. 在双对数坐标纸上标绘 Δp-u_0 关系曲线，并求出临界流化速度 $u_{m,f}$。将实验测定值与计算值进行比较，算出相对误差。

4. 在双对数坐标纸上标绘固定床阶段的 Re_m-λ_m 关系曲线。将实验测定曲线与由计算值标绘的曲线进行对照比较。

实验4　传热实验

一、实验目的

1. 测定液-液热交换过程的总传热系数。

2. 测定流体在水平管内作强制湍流时的传热膜系数。

3. 根据实验数据统计估计传热膜系数特征数关联式中的参数。

二、实验原理

冷热流体通过固体壁所进行的热交换过程，先由热流体把热量传给固体壁面，然后由固体壁面的一侧传向另一侧，最后再由壁面把热量传给冷流体。换言之，热交换过程即由给热-导热-给热三个串联过程组成。

若热流体在套管热交换器的管内流过，而冷流体在管外流过，设备两端测试点上的温度如图 1 所示。则在单位时间内热流体向冷流体传递的热量，可由热流体的热量衡算方程式来表示

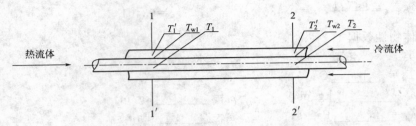

图 1　套管热交换器两端测试点的温度

$$Q = m_s \bar{c}_p (T_1 - T_2) \tag{4-1}$$

就整个热交换而言，由传热速率基本方程经过数学处理，可得计算式为

$$Q = KA\Delta T_m \tag{4-2}$$

式中　Q——传热速率，J/s 或 W；

$\quad m_s$——热流体的质量流率，kg/s；

$\quad \bar{c}_p$——热流体的平均比热容，是 J/(kg·K)；

T_1，T_2——热流体在热交换器两端的温度，K；

$\quad K$——传热总系数，W/(m²·K)；

$\quad A$——热交换面积，m²；

ΔT_m——两流体间的平均温度差，K。

若 ΔT_1 和 ΔT_2 分别为热交换器两端冷热流体之间的温度差，即

$$\Delta T_1 = (T_1 - T_1') \tag{4-3}$$

$$\Delta T_2 = (T_2 - T_2') \tag{4-4}$$

式中　T_1'，T_2'——冷流体在热交换器两端的温度，K；

则平均温度差可按下式计算

$$当 \frac{\Delta T_1}{\Delta T_2} > 2 \ 时，\quad \Delta T_m = \frac{\Delta T_1 - \Delta T_2}{\ln \dfrac{\Delta T_1}{\Delta T_2}} \tag{4-5}$$

$$当 \frac{\Delta T_1}{\Delta T_2} < 2 \ 时，\quad \Delta T_m = \frac{\Delta T_1 + \Delta T_2}{2} \tag{4-6}$$

由式(4-1) 和式(4-2) 联立求解，可得传热总系数的计算式

$$K = \frac{m_s \bar{c}_p (T_1 - T_2)}{A\Delta T_m} \tag{4-7}$$

就固体壁面两侧的给热过程来说，给热速率基本方程为

$$Q = \alpha_1 A_w (T - T_w)$$

$$Q = \alpha_2 A_w' (T_w' - T') \tag{4-8}$$

根据热交换两端的边界条件，经数学推导，同理可得管内给热过程的给热速率计算式

$$Q = \alpha_1 A_w \Delta T_w' \tag{4-9}$$

式中　α_1，α_2——分别表示固体壁两侧的传热膜系数，W/(m²·K)；

$\quad A_w$，A_w'——分别表示固体壁两侧的内壁表面积和外壁表面积，m²；

T_w，T'_w——分别表示固体壁两侧的内壁面温度和外壁面温度，K。

热流体与管内壁面之间的平均温度差可按下式计算

$$当 \frac{(T_1-T_{w1})}{(T_2-T_{w2})} > 2 \text{ 时，} \quad \Delta T'_m = \frac{(T_1-T_{w1})-(T_2-T_{w2})}{\ln \dfrac{(T_1-T_{w1})}{(T_2-T_{w2})}} \tag{4-10}$$

$$当 \frac{(T_1-T_{w1})}{(T_2-T_{w2})} < 2 \text{ 时，} \quad \Delta T'_m = \frac{(T_1-T_{w1})+(T_2-T_{w2})}{2} \tag{4-11}$$

式中 $\Delta T'_m$——热流体与内壁面之间的平均温度差，K。

由式（4-1）和（4-9）联立求解可得管内传热膜系数的计算式为

$$\alpha_1 = \frac{m_s \overline{c}_p (T_1-T_2)}{A_w \Delta T'_m} \tag{4-12}$$

同理也可得到管外给热过程的传热膜系数的类似公式。

流体在圆形直管内作强制对流时，传热膜系数 α 与各项影响因素 [如管内径 d(m)；管内流速 u(m/s)；流体密度 ρ(kg/m³)；流体黏度 μ(Pa·s)；定压比热容 c_p[J/(kg·K)] 和流体热导率 λ(W/(m·K)] 之间的关系可关联成如下特征数关联式

$$Nu = aRe^m Pr^n \tag{4-13}$$

式中 Nu——努塞尔数（Nusselt number），$= \dfrac{\alpha d}{\lambda}$；

Re——雷诺数（Reynolds number），$= \dfrac{du\rho}{\mu}$；

Pr——普兰特数（Prandtl number），$= \dfrac{c_p \mu}{\lambda}$。

式中系数 a 和指数 m、n 的具体数值通过实验来测定。实验测得 a、m、n 数值后，则传热膜系数即可由该式计算。

当流体在圆形直管内作强制湍流时，$Re > 10000$，$Pr = 0.7 \sim 160$，$l/d > 50$，则流体被冷却时，α 值可按下列公式求算：

$$Nu = 0.023 Re^{0.8} Pr^{0.3} \tag{4-13a}$$

或

$$\alpha = 0.023 \frac{\lambda}{d} \left(\frac{du\rho}{\mu}\right)^{0.8} \left(\frac{c_p\mu}{\lambda}\right)^{0.3} \tag{4-13b}$$

流体被加热时

$$Nu = 0.023 Re^{0.8} Pr^{0.4} \tag{4-14a}$$

或

$$\alpha = 0.023 \frac{\lambda}{d} \left(\frac{du\rho}{\mu}\right)^{0.8} \left(\frac{c_p\mu}{\lambda}\right)^{0.4} \tag{4-14b}$$

当流体在套管环隙内作强制湍流时，上列各式中 d 用当量直径 d_e 替代即可。各项物性常数均取流体进出口平均温度下的数值。

三、实验装置

本实验装置主要由套管热交换器、恒温循环水槽、高位稳压水槽及一系列测量和控制仪表组成，装置流程如图 2 所示。

套管热交换器由一根 Φ12mm×2.0mm 的黄铜管作为内管，Φ20mm×2.0mm 的有机玻璃管作为套管所构成。套管热交换器外面再套一根 Φ32mm×2.5mm 有机玻璃管作为保温管。套管热交换器两端测温点之间距离（测试段距离）为 1000mm。每个检测端面上在管内、管外和管壁内设置三支铜-黄铜热电偶，并通过转换开关与数字电压表相连接，用以测量管内、管外的流体温度和管内壁的温度。

热水由循环水泵从恒温水槽送入管内，然后经转子流量计再返回槽内。恒温循环水槽中

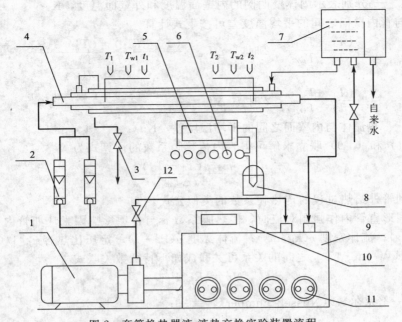

图 2　套管换热器液-液热交换实验装置流程

1—循环热水泵；2—热水转子流量计；3—冷水阀；4—紫铜管；5—毫伏表；6—琴键；

7—高位水箱；8—冰点盆；9—热水箱；10—控温器；11—电热管；12—.

用电热器补充热水在热交换器中移去的热量，并控制恒温。

　　冷水由自来水管直接送入高位稳压水槽再由稳压水槽流经转子流量计和套管的环隙空间。高位稳压水槽排出的溢流水和由换热管排出被加热后的水，均排入下水道。

　　四、实验方法

　　（1）实验前准备工作

　　① 向恒温循环水槽灌入蒸馏水或软水，直至溢流管有水溢出为止。

　　② 开启并调节通往高位稳压水槽的自来水阀门，使槽内充满水，并由溢流管有水流出。

　　③ 将冰碎成细粒，放入冷阱中并掺入少许蒸馏水，使之呈粥状。将热电偶冷接点插入冰水中，盖严盖子。

　　④ 将恒温循环水槽自控装置的温度定为 55℃。启动恒温水槽的电热器。等恒温水槽的水达到预定温度后即可开始实验。

　　⑤ 实验前需要准备好热水转子流量计的流量标定曲线和热电偶分度表。

　　（2）实验操作步骤

　　① 开启冷水截止球阀，测定冷水流量，实验过程中保持恒定。

　　② 启动循环水泵，开启并调节热水调节阀。热水流量在 60～250L/h 范围内选取若干流量值（一般要求不少于 5～6 组测试数据），进行实验测定。

　　③ 每调节一次热水流量，待流量和温度都恒定后，再通过琴键开关，依次测定各点温度。

　　五、实验结果

　　1. 记录实验设备基本参数

　　（1）实验设备形式和装置方式　水平装置套管式热交换器

　　（2）内管基本参数

材质：黄铜 外径　$d=12\text{mm}$

壁厚　$\delta=2\text{mm}$ 测试段长度　$L=1000\text{mm}$

（3）套管基本参数

材质：有机玻璃

外径　$d'=20\text{mm}$ 壁厚　$\delta'=2\text{mm}$

（4）流体流通的横截面积

内管横截面积　$S=$ _____ mm^2 环隙横截面积　$S'=$ _____ mm^2

（5）热交换面积

内管内壁表面积　$A_{\text{w}}=$ _____ 内管外壁表面积　$A'_{\text{w}}=$ _____

平均热交换面积　$A=$ _____

冷水流率　$V=$ _____ 冷水温度　$T=$ _____

2. 实验数据记录

（1）实验测得数据可参考如下表格进行记录

	实验序号			1	2	3	4	5	6
热水流率	$V_{\text{h}}/(\text{L/h})$								
	$V_5/(10^5\text{m}^3/\text{s})$								
	$m_5/(10^2\text{kg/s})$								
温度	截面 I	热水 T_1	mV						
			℃						
		壁温 T_{w1}	mV						
			℃						
		冷水 t_1	mV						
			℃						
	截面 II	热水 T_2	mV						
			℃						
		壁温 T_{w2}	mV						
			℃						
		冷水 t_2	mV						
			℃						

管内热水平均温度 $T_{\text{m}}/℃$	
管内热水平均温度 T_{m}/K	
热水的密度 $\rho/(\text{kg/m}^3)$	
热水的黏度 $\mu/(10^{-4}\text{Pa}\cdot\text{s})$	
热水的比热容 $c_p/[10^3\text{J}/(\text{kg}\cdot\text{K})]$	
热水的热导率 $\lambda/[\text{W}/(\text{m}\cdot\text{K})]$	

（2）由实验数据求取流体在圆形直管内作强制湍流时的传热膜系数 α。实验数据可参考下表整理。

管内热水流速 $u/(m/s)$	
管内热水平均温度 T_m/K	
冷热水间平均温度 $\triangle T_m/K$	
热水壁面间平均温差 $\triangle T'_m/K$	
传热速率 Q/W	
总传热系数 $K/[W/(m^2 \cdot K)]$	
管内热传膜系数 $\alpha/[W/(m^2 \cdot K)]$	
管内雷诺数 Re	
管内普兰特数 Pr	
管内努塞尔数 Nu	

（3）由实验原始数据和测得的 α 值，对水平管内传热膜系数的特征数关联式进行参数估计。

然后，按如下方法和步骤估计参数。水平管内传热膜系数的总数关联式

$$Nu = aRe^m Pr^m$$

在实验测定温度范围内，Pr 数变化不大，可取其均值并将 Pr^n 视为定值与 a 项合并。因此，上式可写为

$$Nu = ARe^m$$

上等式两边取对数，使之线性化，即

$$\ln Nu = m\lg Re + \lg A$$

因此，可将 Nu 和 Re 实验数据直接在双对数坐标纸上进行标绘，由实验曲线的斜率和截距估计参数 A 和 m，或者用最小二乘法进行线性回归，估计参数 A 和 m。

取 Pr 均值为定值，且 $n=0.3$，由 A 计算得到 a 值。

最后，列出参数估计值：

$A=$ _____

$m=$ _____

$a=$ _____

实验5 填料精馏塔理论塔板数的测定

一、实验目的

1. 了解实验室填料塔的结构，学会安装、调试的操作技术。
2. 掌握精馏理论，了解精馏操作的影响因素，学会填料塔理论板数测定方法。
3. 掌握高纯物质的提纯制备方法。

二、实验原理

精馏是基于气液平衡理论的一种分离方法。对于双组分理想溶液，平衡时气相中易挥发组分浓度要比液相中高；气相冷凝后再次进行气液平衡，则气相中易挥发组分浓度又相对提高，此种操作即是平衡蒸馏。经过多次重复的平衡蒸馏可以使两种组分分离。平衡蒸馏中每次平衡都被看作是一块理论板。精馏塔就是由许多块理论板组成的，理论板越多，塔分离效率就越高。板式塔的理论板数即为该塔的板数，而填料塔理论板用当量高度表示。精馏塔的理论板与实际板数未必一致，其中存在塔效率问题。实验室采用间歇操作测定精馏塔的理论板数，可在回流或非回流条件下进行测定。最常用的测定方法是在全回流条件下操作，这可免去回流比、馏出速度及其他变量的影响，而且试剂能反复使用。不过要在稳定条件下同时测出塔顶、塔釜组成，再由该组成通过计算或图解法进行求解。具体方法如下。

1. 计算法

二元组成在塔内具有 n 块理论板的平衡关系，用芬斯克公式表示为

$$\frac{y_n}{1-y_n}=a^n\frac{x_1}{1-x_1} \tag{5-1}$$

式中　y_n——n 块板上气相组成；

　　　x_1——塔釜液相组成；

　　　a——相对挥发度；

　　　n——理论板数。

$$n=\frac{\lg\left[\left(\dfrac{y_n}{1-y_n}\right)\left(\dfrac{1-x_1}{x_1}\right)\right]}{\lg a}-1 \tag{5-2}$$

采用全回流操作时，塔顶为全凝器，则塔气相组成 y_n 即等于塔顶馏出液组成 x_p，$y_n=x_p$，釜液组成 $x_1=x_w$，于是式(2) 可写成

$$n=\frac{\lg\dfrac{x_p(1-x_w)}{x_w(1-x_p)}}{\lg a}-1 \tag{5-3}$$

计算理想二元混合溶液精馏的理论板数时，可认为相对挥发度为常数。实际上，相对挥发度 a 随溶液浓度变化而改变。以平均值进行计算其误差较小。如果有 a 随浓度变化的关系式，亦可采用逐板计算法。

2. 图解法

用二元体系的气液平衡数据作 $x\text{-}y$ 图，在平衡线与对角线间作 x_p 至 x_w 的阶梯。若相对挥发度较小，则作出的阶梯误差较大，不易采用此法，可改用理论板数与组成关系曲线。根据测定的釜液和塔顶组成查出相应理论板数 N_p 和 N_w，则测定的理论板数即为

$$N=N_p-N_w-1 \tag{5-4}$$

三、实验设备与试剂

1. 精馏设备（如图 1 所示）

2. 实验试剂

四氯化碳，苯。

四、实验步骤

1. 实验前准备工作

检查精馏装置是否清洁，如有残留物和少量水或新填料塔时，应用丙酮清洗，并干燥才能使用。装塔，检查垂直度，检查冷却水是否通畅，检查温度控制和测量系统是否正常。

2. 将 70mL 四氯化碳及 30mL 苯加入玻璃塔釜内。通入冷却水，打开总电源，并分别打开塔体保温、塔釜测温。

3. 当塔头出现蒸汽时进行回流，保持全回流操作 2h。对塔头、塔釜产物进行分别取样分析。

4. 实验结束后关闭电源，并继续通水，待温度降低后停止通水。

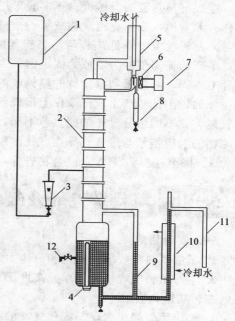

图 1　填料精馏塔

1—进料高位槽；2—精馏塔；3—转子流量计；
4—电热管；5—冷凝器；6—回流比调节器；
7—电磁阀；8—馏出液出料口；9—出料管；
10—冷却器；11—冷却水出口管；
12—釜液出料口

五、数据处理

1. 测量数据

填料类型	塔顶/%		塔釜/%	
	四氯化碳	苯	四氯化碳	苯
316L,2mm×2mm θ网环填料	72.24	27.76	9.09	90.91
	72.09	27.91	9.01	90.99

2. 校正举例

四氯化碳校正因子 $f=1.82$,苯校正因子 $f=1.0$

查得 $a=1.107$。

$$y_n = \frac{72.24 \times 1.82}{72.24 \times 1.64 + 27.76} = 82.567\%$$

$$x_1 = \frac{9.09 \times 1.82}{9.09 \times 1.82 + 90.91} = 15.188\%$$

$$n = \frac{\lg\left[\left(\frac{y_n}{1-y_n}\right)\left(\frac{1-x_1}{x_1}\right)\right]}{\lg a} - 1 = \frac{\lg\left(\frac{0.82567}{0.17433} \times \frac{0.86}{0.14}\right)}{\lg 1.107} - 1 = 33$$

根据实验测得 26 块理论板相当于 1m 填料高度,因此有效填料高度为 1.3m。

3. 分析采用热导池检测器色谱,色谱柱采用 6201。热导检测器是由池体和热敏元件组成。选用钨丝做热敏元件。因为它的电阻率高,电阻温度系数大,温度变化对它的阻值影响大,能提高检测器的灵敏度。本实验采用四根热敏元件的四臂热导池,两臂作为参比池,两臂作为测量池,四个热钨丝构成了一个惠斯登电桥。当只有载气通过热导池时,气体会带走热量,使钨丝温度降低。若两路热钨丝的变化相同,阻值的变化就相同,电桥处于平衡状态,电压的输出信号为零或为固定值。当载气带着样品进入测量池时,由于混合气和载气的热导率不同,测量臂和参比臂的热钨丝的温度和电阻产生不等值的变化,电桥失去平衡,就有电压的输出信号产生,记录仪上出现色谱峰。载气中被测组分的浓度越大,电压的输出信号就越大。不同组分气体的比热容不同,带走热量不同,故出峰的大小也不同。因此热导检测器的响应信号与进入热导池载气的组分浓度成正比。给定桥流 100~120mA,衰减可设定为 1。调节柱温 70℃,对混合物进样,得到一个谱图。

实验6 填料塔性能及吸收实验

一、实验目的

1. 了解填料吸收塔的结构和流体力学性能。
2. 学习填料吸收塔传质单元高度 H_{OG}、体积吸收系数 K_Ya 和回收率的测定方法。

二、实验内容

1. 测定填料层压强降与操作气速的关系,确定填料塔在某液体喷淋量下的液泛气速。
2. 固定液相流量和入塔混合气氨的浓度,在液泛速度以下取两个相差较大的气相流量,分别测量塔的传质单元高度、体积吸收系数和回收率。

三、实验原理

1. 气体通过填料层的压强降

压强降是塔设计中的重要参数,气体通过填料层压强降的大小决定了塔的动力消耗。压强降与气液流量有关，不同喷淋量下的填料层的压强降 Δp 与气速 u 的关系如图 1 所示。

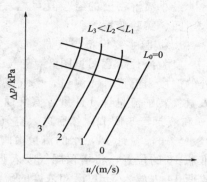

当无液体喷淋即喷淋量 $L_0 = 0$ 时，干填料的 Δp-u 的关系是直线，如图中的直线 0。当有一定的喷淋量时，Δp-u 的关系变成折线，并存在两个转折点，下转折点称为"载点"，上转折点称为"泛点"。这两个转折点将 Δp-u 关系分为三个区段：恒持液量区、载液区与液泛区。

图 1　填料层的 Δp-u 关系

2. 传质性能

吸收系数是决定吸收过程速率高低的重要参数，而实验测定是获取吸收系数的根本途径。对于相同的物系及一定的设备（填料类型与尺寸），吸收系数将随着操作条件及气液接触状况的不同而变化。

本实验所用气体混合物中氨的浓度很低（摩尔比为 0.02），所得吸收液的浓度也不高，可认为气-液平衡关系服从亨利定律，可用方程式 $Y^* = mX$ 表示。又因是常压操作，相平衡常数 m 值仅是温度的函数。

（1）N_{OG}、H_{OG}、$K_Y a$、φ_A 的计算

$$N_{OG} = \frac{Y_1 - Y_2}{\Delta Y_m} \tag{6-1}$$

$$\Delta Y_m = \frac{\Delta Y_1 - \Delta Y_2}{\ln \dfrac{\Delta Y_1}{\Delta Y_2}} \tag{6-2}$$

$$H_{OG} = \frac{Z}{N_{OG}} \tag{6-3}$$

$$K_Y a = \frac{V}{H_{OG} \Omega} \tag{6-4}$$

$$\varphi_A = \frac{Y_1 - Y_2}{Y_1} \times 100\% \tag{6-5}$$

式中　　　Z——填料层的高度，m；

　　　H_{OG}——气相总传质单元高度，m；

　　　N_{OG}——气相总传质单元数，无量纲；

　Y_1，Y_2——进、出口气体中溶质组分的摩尔比，kmolA/kmolB；

　　　ΔY_m——所测填料层两端面上气相推动力的平均值；

ΔY_2，ΔY_1——分别为填料层上、下两端面上气相推动力；$\Delta Y_1 = Y_1 - mX_1$，$\Delta Y_2 = Y_2 - mX_2$；

　X_2，X_1——进、出口液体中溶质组分的摩尔比，kmolA/kmolS；

　　　　m——相平衡常数，无量纲；

　　　$K_Y a$——气相总体积吸收系数，kmol/(m³·h)；

　　　　V——空气的摩尔流率，kmolB/h；

　　　　Ω——填料塔截面积，m²，$\Omega = \dfrac{\pi}{4} D^2$；

　　　φ_A——混合气中氨被吸收的百分率（吸收率），无量纲。

（2）操作条件下液体喷淋密度的计算

$$喷淋密度 \ U = \frac{流体流量(m³/h)}{塔截面积(m²)} \tag{6-6}$$

最小喷淋密度的经验值 $U_{min}=0.2m^3/(m^2 \cdot h)$。

四、实验装置

1. 实验主要设备与仪器

实验流程示意图见图2，空气由鼓风机1送入空气转子流量计3计量，空气通过流量计处的温度由温度计4测量，空气流量由调节阀2调节，氨气由氨瓶送出，经过氨瓶总阀8进入氨气转子流量计9计量，氨气通过转子流量计处温度由实验时大气温度代替。其流量由阀10和液封管5调节，然后进入空气管道与空气混合后进入吸收塔7的底部，水由自来水管经水转子流量计11，水的流量由阀12调节，然后进入塔顶。分析塔顶尾气浓度时靠降低水准瓶16的位置，将塔顶尾气吸入吸收瓶14和量气管15。在吸入塔顶尾气之前，预先在吸收瓶14内放入5mL已知浓度的硫酸作为吸收尾气中氨之用。

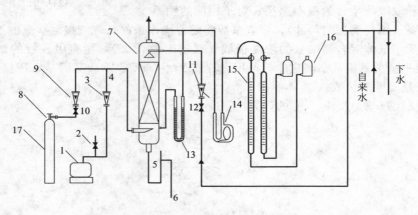

图2　填料吸收塔实验装置流程示意

1—鼓风机；2—空气流量调节阀；3—空气转子流量计；4—空气温度计；5—液封管；
6—吸收液取样口；7—填料吸收塔；8—氨瓶总阀；9—氨转子流量计；10—氨流量
调节阀；11—水转子流量计；12—水流量调节阀；13—U形管压差计；14—吸
收瓶；15—量气管；16—水准瓶；17—氨气瓶

吸收液的取样可由塔底取样口6进行。填料层压降用U形管压差计13测定。

2. 设备参数

（1）鼓风机　XGB型旋涡气泵，最大压力1176kPa，最大流量75m³/h。

（2）填料塔　玻璃管，内装 $\phi 10mm \times 10mm$ 瓷拉西环，填料层高度 $Z=0.4m$，填料塔内径 $D=0.075m$。

3. 流量测量

（1）空气转子流量计　型号LZB-25，流量范围2.5～25m³/h，精度2.5级。

（2）水转子流量计　型号LZB-6，流量范围6～60L/h，精度2.5级。

（3）氨转子流量计　型号LZB-6，流量范围0.06～0.6m³/h，精度2.5级。

4. 浓度测量

塔底吸收液浓度分析可采用滴定分析；塔顶尾气浓度分析采用吸收瓶、量气管、水准瓶确定。

5. 温度测量

Cu50电阻，温度范围0～150℃，精度等级1.0级。

五、实验方法及步骤

1. 测量干填料层（$\Delta p/Z$）-u 关系曲线

先全开空气流量调节阀，后启动鼓风机，用空气流量调节阀调节进塔的空气流量，按空气流量从小到大的顺序读取填料层压降 Δp，转子流量计读数和流量计处空气温度，然后在对数坐标纸上以空塔气速 u 为横坐标，以单位高度的压降 $\Delta p/Z$ 为纵坐标，标绘干填料层 $(\Delta p/Z)$-u 关系曲线。

2. 测量某喷淋量下填料层 $(\Delta p/Z)$-u 关系曲线

用水喷淋量为 40L/h 时，用上面相同方法读取填料层压降 Δp，转子流量计读数和流量计处空气温度并注意观察塔内的操作现象，一旦看到液泛现象时记下对应的空气转子流量计读数。在对数坐标纸上标出液体喷淋量为 40L/h 时 $(\Delta p/Z)$-u 关系曲线，确定液泛气速并与观察的液泛气速相比较。

3. 传质性能测定

① 选择适宜的空气流量和水流量（建议水流量为 30L/h），根据空气转子流量计读数，为保证混合气体中氨组分为 0.02～0.03（摩尔比），计算出氨气流量计流量读数。

② 先调节好空气流量和水流量，打开氨瓶总阀调节氨流量，使其达到需要值，在空气、氨气和水的流量不变条件下操作一定时间，过程基本稳定后，记录各流量计读数和温度，记录塔底排出液的温度，并分析塔顶尾气及塔底吸收液的浓度。

③ 尾气分析方法。

a. 排出两个量气管内空气，使其中水面达到最上端的刻度线零点处，并关闭三通旋塞。

b. 用移液管向吸收瓶内装入 5mL 浓度为 0.005mol/L 左右的硫酸并加入 1～2 滴甲基橙指示液。

c. 将水准瓶移至下方的实验架上，缓慢地旋转三通旋塞，让塔顶尾气通过吸收瓶，旋塞的开度不宜过大，以能使吸收瓶内液体以适宜的速度不断循环流动为限。

从尾气开始通入吸收瓶起就必须始终观察瓶内液体的颜色，中和反应达到终点时立即关闭三通旋塞，在量气管内水面与水准瓶内水面齐平的条件下读取量气管内空气的体积。

若某量气管内已充满空气，但吸收瓶内未达到终点，可关闭对应的三通旋塞，读取该量气管内的空气体积，同时启用另一个量气管，继续让尾气通过吸收瓶。

d. 计算尾气浓度 Y_2。

氨与硫酸中和反应式为：$2NH_3 + H_2SO_4 \Longrightarrow (NH_4)_2SO_4$

到达化学计量点（滴定终点）时，被滴物的摩尔数 n_{NH_3} 和滴定剂的摩尔数 $n_{H_2SO_4}$ 之比为 $n_{NH_3} : n_{H_2SO_4} = 2 : 1$。

$$n_{NH_3} = 2n_{H_2SO_4} = 2M_{H_2SO_4} V_{H_2SO_4}$$

$$Y_2 = \frac{n_{NH_3}}{N_{空气}} = \frac{2M_{H_2SO_4} V_{H_2SO_4}}{\dfrac{V_{量气管} \times T_0 / T_{量气管}}{22.4}}$$

式中　n_{NH_3}，$n_{空气}$——NH$_3$ 和空气的摩尔数；

　　　　$M_{H_2SO_4}$——硫酸溶液体积摩尔浓度，mol 溶质/L 溶液；

　　　　$V_{H_2SO_4}$——硫酸溶液的体积，mL；

　　　　$V_{量气管}$——量气管内空气的总体积，mL；

　　　　T_0——标准状态时热力学温度，273K；

　　　　$T_{量气管}$——操作条件下的空气热力学温度，K。

④ 塔底吸收液的分析方法。

a. 当尾气分析吸收瓶达中点后即用三角瓶接取塔底吸收液样品，约 200mL 并加盖。

b. 用移液管取塔底溶液 10mL 置于另一个三角瓶中，加入 2 滴甲基橙指示剂。

c. 将浓度约为 0.05mol/L 的硫酸置于酸滴定管内，用以滴定三角瓶中的塔底溶液至终点。

d. X 的计算

$$X = \frac{2M_{H_2SO_4} V_{H_2SO_4}}{V_{NH_3 \cdot H_2O} \times 1000/18}$$

式中　$V_{NH_3 \cdot H_2O}$——塔底吸收液体积。

e. 加大或减少空气流量，相应地改变氨流量，使混合气体中氨的浓度与第一次实验时相同，水流量与第一次实验也应相同，重复上述操作，测定有关数据。

4. 实验完毕后，关闭旋涡气泵、真空泵、进水阀门等仪器设备的电源，并将所有仪器复原。

六、使用实验设备应注意的事项

① 开启氨瓶总阀前，要先关闭氨自动减压阀和氨流量调节阀。开启时开度不宜过大。

② 启动鼓风机前，务必先全开放空气流量调节阀。

③ 做传质实验时，水流量不能超过规定范围，否则尾气的氨浓度极低，给尾气分析带来麻烦。

④ 两次传质实验所用的氨气浓度必须一样。

七、实验数据的计算及结果

表1　干填料时 $\Delta p/Z\text{-}u$ 的数据

装置编号：_____　　填料种类：_____　　填料层高度：$Z=0.4$m

塔径：$D=0.075$m　　液体流量：0

序号	空气流量计读数 /(m³/h)	空气流量计处温度 /℃	填料层压强降 /mmH₂O	空气流量计处压强降 /mmH₂O	单位高度填料层压强降 /(mmH₂O/m)	实际空气流量 /(m³/h)	空塔气速 /(m/s)
1							
2							
3							
4							
5							
6							
7							
8							
9							

表2　某一喷淋量时的 $\Delta p/Z\text{-}u$ 的数据

液体流量：$L=40$L/h

序号	空气流量计读数 /(m³/h)	空气流量计处温度 /℃	填料层压强降 /mmH₂O	空气流量计处压强降 /mmH₂O	单位高度填料层压强降 /(mmH₂O/m)	实际空气流量 /(m³/h)	空塔气速 /(m/s)	操作现象
1								
2								
3								
4								
5								
6								
7								
8								
9								
10								
11								

表3 填料吸收塔传质实验数据

装置编号：_____ 填料种类：瓷拉西环 填料尺寸：10mm×10mm×1.5mm 填料层高度：0.4m
塔径：75mm 吸收剂：水 气体混合物：空气＋氨混合气

项目		
空气转子流量计读数/(m³/h)		
空气流量计处温度/℃		
空气实际体积流量/(m³/h)		
氨转子流量计读数/(m³/h)		
氨流量计处温度/℃		
氨气实际体积流量/(m³/h)		
水流量/(L/h)		
测尾气用硫酸浓度 M/(mol/L)		
测尾气用硫酸体积/mL		
量气管内空气总体积/mL		
量气管内空气温度/℃		
滴定塔底吸收液用硫酸浓度 M/(mol/L)		
滴定塔底吸收液用硫酸体积/mL		
样品体积/mL		
塔底液相温度/℃		
相平衡常数 m		
塔底气相浓度 Y_1/(kmol 氨/kmol 空气)		
塔顶气相浓度 Y_2/(kmol 氨/kmol 空气)		
塔底液相浓度 X_1/(kmol 氨/kmol 水)		
$Y_1{}^*$/(kmol 氨/kmol 空气)		
平均浓度差 ΔY_m/(kmol 氨/kmol 空气)		
气相总传质单元数 N_{OG}		
气相总传质单元高度 H_{OG}/m		
空气的摩尔流量 V/(kmol/h)		
气相总体积吸收系数 K_Ya/[kmol/(m³·h)]		
回收率 φ_A		

八、计算

1. $\Delta p/Z\text{-}u$ 数据计算过程（以表____第_____组数据为例）

（1）空气实际体积流量

（2）空塔气速

2. 传质过程计算（以表____第_____组数据为例）

（1）空气实际体积流量

（2）进塔氨气和空气摩尔比 Y_1

（3）尾气中氨的含量 Y_2

（4）塔底液相浓度 X_1

（5）塔顶液相浓度 X_2

（6）气相推动力 ΔY_1、ΔY_2

（7）平均推动力 ΔY_m

（8）传质单元数 N_{OG}

（9）传质单元高度 H_{OG}

（10）气相总体积吸收系数 $K_Y a$

（11）吸收率 φ_A

九、绘制 $(\Delta p/Z)$-u 曲线图

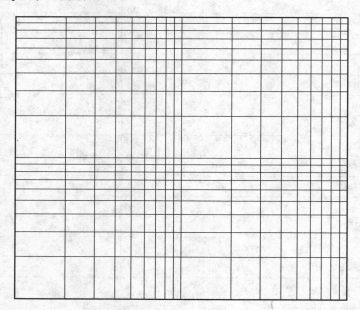

十、实验结果与分析

① 由实验结果得出，在其他条件不变时，增大混合气体的流量，N_{OG} _____，H_{OG} _____，$K_Y a$ _____，φ_A _____。

② 从 $(\Delta p/Z)$-u 关系曲线中确定的液泛气速与实际观测的结果是否一致？

实验7 萃取实验

一、实验目的

1. 了解往复振动筛板萃取塔的结构、流程及其操作方法。

2. 观察塔内两相流体的流动，液滴的分散与聚结和液泛现象。

3. 在一定振幅和流量下，测定不同频率时，萃取过程的体积传质总系数和萃取塔的传质单元高度。

二、实验原理

本实验采用的往复振动筛板塔是一种逆流微分接触设备，一般可用传质单元数与传质单元高度来度量分离的难易程度和塔分离性能的好坏。当萃取剂与稀释剂完全不互溶时，液-液萃取过程类似于气体吸收过程，可仿照吸收操作进行过程分析。

假设：

① 稀释剂和萃取剂完全不互溶；

② 萃取相和萃余相呈逆流微分接触，两相浓度沿塔高连续变化，且两相中溶质的浓度

都很低；

③萃取相与萃余相在塔内的流动模型为活塞流模型，则物质传递过程只发生在径向，而轴向上完全无返混。

萃取的物流示意图如图1所示。若萃取相和萃余相分别用E和R表示；物料组成分别用A表示溶质，B表示稀释剂，C表示萃取剂，则令：

萃取相的体积流率为$V_{S,E}$（m^3/h）；溶质A的浓度为$C_{A,E}$（$kmol/m^3$）（以下将符号简写为V_E和C_E）。

萃余相的体积流率为$V_{S,R}$（m^3/h）；溶质A的浓度为$C_{A,R}$（$kmol/m^3$）（以下将符号简写为V_R和C_R）。

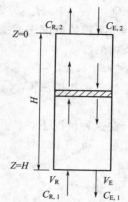

图1 萃取塔的物流示意

现以塔顶截面（2-2截面）为基准面（$Z_2=0$），并在塔内任意高度Z处截取一段高度为dZ的微元层（见图1）。对此微元层内的溶质A进行物料衡算，则单位时间内，溶质A由萃余相传入萃取相的物质的量为

$$dG_A = V_R dC_R = V_E dC_E \tag{7-1}$$

微元层内的传质速率方程可表示为

$$dG_A = K_R(C_R - C_R^*)aSdZ \tag{7-2a}$$

或

$$dG_A = K_E(C_E^* - C_E)aSdZ \tag{7-2b}$$

式中 S——萃取塔的横截面积，m^2；

a——单元体积内两相接触面积，m^2/m^3；

$(C_R - C_R^*)$，$(C_E^* - C_E)$——以萃余相和萃取相浓度表示的传质推动力，$kmol/m^3$；

K_R，K_E——以萃余相和萃取相表示推动力的传质总系数，m/s。

于是，联立式(7-1)、(7-2)可得

$$dZ = \frac{V_R}{K_R aS} \times \frac{dC_R}{(C_R - C_R^*)} \tag{7-3a}$$

或

$$dZ = \frac{V_E}{K_E aS} \times \frac{dC_E}{(C_E^* - C_E)} \tag{7-3b}$$

对于溶质A在两相中浓度很稀和操作过程处于定常状态的萃取过程，在全塔范围内，V_R、V_E、a、S、K_R、K_E皆可视为常数，则由塔顶和塔底的边值条件，积分上式可得塔高计算式：

$$H = \frac{V_R}{K_R aS} \int_{C_{R,2}}^{C_{R,1}} \frac{dC_R}{(C_R - C_R^*)} \tag{7-4a}$$

或

$$H = \frac{V_E}{K_E aS} \int_{C_{E,2}}^{C_{E,1}} \frac{dC_E}{(C_E^* - C_E)} \tag{7-4b}$$

若令

$$N_{OR} = \int_{C_{R,2}}^{C_{R,1}} \frac{dC_R}{(C_R - C_R^*)} \tag{7-5a}$$

$$H_{OR} = \frac{V_R}{K_R aS} \tag{7-6a}$$

并分别称N_{OR}和H_{OR}为萃余相的传质单元数和传质单元高度。

或令

$$N_{OE} = \int_{C_{E,2}}^{C_{E,1}} \frac{dC_E}{(C_E^* - C_E)} \tag{7-5b}$$

$$H_{OE} = \frac{V_E}{K_E aS} \tag{7-6b}$$

并分别称 N_{OE} 和 H_{OE} 为萃取相的传质单元数和传质单元高度。

当两相的分配平衡关系曲线为直线时，分配系数 m 为常数，则与萃取浓度 C_E 呈平衡的萃余相浓度

$$C_R^* = C_E/m \tag{7-7a}$$

对于与萃余相浓度 C_R 呈平衡的萃取相浓度

$$C_E^* = mC_R \tag{7-7b}$$

在这种情况下，传质单元数可采用对数平均推动力法计算。对于以萃余相为基准的传质单元数，可按下式计算：

$$N_{OR} = \int_{C_{R,2}}^{C_{R,1}} \frac{dC_R}{C_R - C_R^*} = \frac{C_{R,1} - C_{R,2}}{\Delta C_{R,m}} \tag{7-8a}$$

式中

$$\Delta C_{R,m} = \frac{(C_{R,1} - C_{R,1}^*) - (C_{R,2} - C_{R,2}^*)}{\ln \dfrac{C_{R,1} - C_{R,1}^*}{C_{R,2} - C_{R,2}^*}} \tag{7-9a}$$

同样，对于以萃取相为基准的传质单元数，可按下式计算：

$$N_{OE} = \int_{C_{E,2}}^{C_{E,1}} \frac{dC_E}{C_E - C_E^*} = \frac{C_{E,1} - C_{E,2}}{\Delta C_{E,m}} \tag{7-8b}$$

式中

$$\Delta C_{E,m} = \frac{(C_{E,1}^* - C_{E,1}) - (C_{E,2}^* - C_{E,2})}{\ln \dfrac{C_{E,1}^* - C_{E,1}}{C_{E,2}^* - C_{E,2}}} \tag{7-9b}$$

已知萃取塔的有效接触高度 H 和传质单元数，则萃取塔的传质单元高度可简便地按下式计算：

$$H_{OR} = H/N_{OR} \tag{7-10a}$$

或

$$H_{OE} = H/N_{OE} \tag{7-10b}$$

传质单元高度的大小反映萃取塔传质性能的好坏。H_{OR}（或 H_{OE}）值愈大，则表明该设备的效率愈低，反之亦然。若欲提高设备效率，则需设法降低 H_{OR}（或 H_{OE}）值。但影响 H_{OR}（或 H_{OE}）的因素很多，如设备结构、物系的性质、操作条件，以及外加能量的方式和强弱等。

若萃取相入塔的起始浓度 $C_{E,2}=0$，萃余相进口的浓度 $C_{R,1}$ 等于原料液的浓度 C_f，萃余相出口浓度 $C_{R,2}$ 由实验直接测定，则萃取相的出口浓度 $C_{E,1}$ 可通过物料衡算求取，即

$$C_{E,1} = \frac{V_R}{V_E}(C_{R,1} - C_{R,2}) \tag{7-11}$$

三、实验装置

本实验装置的主体设备为往复振动筛板塔，该塔塔体为圆柱形筒体，并在上下端各有一个扩大了直径的沉降分离室。在塔体萃取区域内，安装有一系列固定在中心轴上的筛板。中心轴通过传动和减速机构，由电机驱动做上下往复运动，即依靠往复振动向塔内输入能量。输入能量的大小，由调节振幅和频率来改变。

本实验采用水萃取煤油中的苯甲酸作为试验物系，并以萃取相为连续相，萃余相为分散相，其装置流程如图 2 所示。高位稳压水槽中的萃取剂（水）经调节阀和转子流量计，自塔顶加入，自上而下流至塔底分离室，后经 π 形管排出，π 形管主要用来调节塔顶分离室中两相界面的高度。储槽中的萃余相用泵送经调节阀和转子流量计，自塔底加入，自下而上经振动筛板不断分散成液滴，最后进入塔顶分离室，经聚结分层后由溢流口溢出。

四、实验方法

1. 实验前的准备工作

① 实验前，必须先区分清楚本实验中的轻相与重相、连续相与分散相、萃取相与萃余相、稀释剂与萃取剂，以及连续相与分散相的流向。

② 实验前先搞清楚操作和控制方法，尤其是振幅和频率的调节方法。在固定振幅下，先检查频率调节旋钮是否已置于零位。

③ 实验前，按实验要求配制料液（本实验中可采用煤油中含苯甲酸 0.01mol/L），并将配得料液加入贮槽备用。

④ 实验前先在塔内充满作为连续相的萃取剂（水），并按预定的流量调节稳定。然后在筛板振动下，再按预定要求调节作为分散相的料液流量。待塔顶分离室中形成一定高度的液层后，通过 π 形管调节两相界面于一定高度。

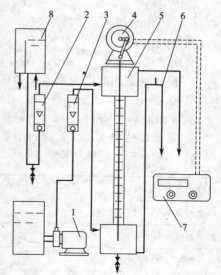

**图 2　往复振动筛板塔液-液
萃取实验的装置流程**

1—料液循环系统；2,3—转子流量计；
4—调速传动装置；5—萃取塔；
6—π 形管；7—调速测速仪；
8—高位稳压水槽

2. 观察萃取塔内两相流动现象

在一定的振幅、两相流比和流量下，改变振动频率，观察两相的流动状况和液泛现象。再改变流量重复实验。本实验可将振幅固定在 5mm，两相流比定为 1：1，则流量可在 4～10L/h 范围内调节，频率可在 0～40r/min 范围内调节，从中寻求适宜的操作区域。

3. 测定萃取塔的传质单元高度和萃取过程的体积传质总系数

在一定的振幅和一定的两相流量下，分别测定不同振动频率时的传质单元高度和体积传质总系数。

每调定一次实验参数后，需稳定 20～30min，然后从塔顶萃余相出口处采集 20mL 的平行样液三份，每隔 5 分钟采集一次。样液用 0.01mol/L NaOH 标准溶液进行滴定分析。

若欲改变流量或振幅，则可按上述实验步骤重复实验。

4. 实验结束工作

① 先将振动频率旋钮调至零位，再关闭电源开关。

② 关闭连续相和分散相的流量调节阀，停泵。先将塔内和管路内的料液排尽，然后再排放萃取剂。

五、实验结果

1. 测量并记录实验基本参数

（1）往复振动筛板塔的结构参数

塔的内径　$d=25$mm　　　塔的萃取段高度　$H=1000$mm

塔板数　$n=30$ 块　　　板间距　$h=30$mm

筛孔直径　$d_a=4$mm

（2）物系的种类与性质

物系种类：溶质（A）——苯甲酸；稀释剂（B）——煤油；萃取剂（C）——水

物性参数：溶质（A）的摩尔质量 $M_A=122$kg/kmol

稀释剂（B）的密度 $\rho_B=790$kg/m³

萃取剂（C）的密度 $\rho_C=998$kg/m³

分配系数：$m=2.67$ （$C_R^* = C_E/m$）

（3）操作参数

操作气压力 $p=$ _____ Pa   操作温度 $T=$ _____ ℃

料液浓度 $C_f=$ ____ kmol(A) /m³   NaOH 溶液浓度 $C_{NaOH}=$ _____ mol/L

2. 记录观察到的塔内流体流动现象和液泛现象，并找出适宜的操作区域

振幅 $b=5mm$

萃取相流量 $V_E=$ _____ L/h   萃余相流量 $V_R=$ _____ L/h

3. 记录和整理萃取实验测得的数据

（1）参考下表记录实验数据

萃取相流率 $V_E/(L/h)$	
萃余相流率 $V_R/(L/h)$	
振动振幅 b/mm	
振动频率 $f/(r/min)$	
萃余相出口采样量 $V_{R,2}/mL$	
NaOH 滴定用量 V_{NaOH}/mL	

（2）参考下表整理实验数据

萃取相的通量 $U_E/[m³/(m² \cdot h)]$		
萃余相的通量 $U_R/[m³/(m² \cdot h)]$		
振动振幅 b/mm		
振动频率 $f/(r/min)$		
萃余相出口浓度 $C_{R,2}/(kmol/m³)$		
萃取相出口浓度 $C_{E,2}/(kmol/m³)$		
萃余相	平均推动力 $\Delta C_{R,m}/(kmol/m³)$	
	传质单元数 N_{OR}	
	传质单元高度 H_{OR}/m	
	体积传质总系数 $K_Ra/(m/h)$	

列出上表中各项计算公式。

（3）将实验结果进行比较，并加以讨论。

实验8 干燥实验

一、实验目的

1. 在流化床干燥器中，测定固体湿物料的干燥曲线和干燥速率曲线。

2. 测定干燥过程的临界点和临界湿含量。

二、实验原理

1. 干燥曲线

在流化床干燥器中，颗粒状湿物料悬浮在大量的热空气流中进行干燥。在干燥过程中，湿物料中的水分随着干燥时间增长而不断减少。在恒定空气条件（即空气的温度、湿度和流动速度保持不变）下，实验测定物料含水量随时间的变化关系。将其标绘成曲线，即为湿物料的干燥曲线。湿物料含水量可以湿物料的质量为基准（称之为湿基），或以绝干物料的质量为基准（称之为干基）来表示。

当湿物料中绝干物料的质量为 m_c，水的质量为 m_w 时，以湿基表示的物料含水量 W（kg 水/kg 湿物料）为

$$w = \frac{m_w}{m_c + m_w} \tag{8-1}$$

以干基表示的湿物料含水量 W（kg 水/kg 绝干物料）为

$$W = \frac{m_w}{m_c} \tag{8-2}$$

湿含量的两种表示方法存在如下关系：

$$w = \frac{W}{1+W} \tag{8-3}$$

$$W = \frac{w}{1-w} \tag{8-4}$$

在恒定的空气条件下测得干燥曲线如图 1 所示。显然，随着空气干燥条件的不同，干燥曲线的位置也将随之不同。

2. 干燥速率曲线

物料的干燥速率即水分汽化的速率。

若以固体物料与干燥介质的接触面积为基准，则干燥速率 $N_A[\text{kg}/(\text{m}^2 \cdot \text{s})]$ 可表示为

$$N_A = \frac{-m_c \, \mathrm{d}W}{A \, \mathrm{d}t} \tag{8-5}$$

若以绝干物料的质量为基准，则干燥速率 N'_A［s^{-1} 或 kg 水/（kg 绝干物料·s）］可表示为

$$N'_A = \frac{-\mathrm{d}W}{\mathrm{d}t} \tag{8-6}$$

式中　　m_c——绝干物料的质量，kg；

　　　　A——气固相接触面积，m^2；

　　　　W——物料的含水量，kg 水/kg 绝干物料；

　　　　t——气固两相接触时间，也即干燥时间，s。

由此可见，干燥曲线上各点的斜率即为干燥速率。若将各点的干燥速率对固体的含水量标绘成曲线，即为干燥速率曲线，如图 2 所示。干燥速率曲线也可采用干燥速率对自由含水量进行标绘。在实验曲线的测绘中，干燥速率 N'_A（s^{-1}）也可近似地按下列差分式进行计算：

$$N'_A = \frac{-\Delta W}{\Delta t} \tag{8-7}$$

3. 临界点和监界含水量

从干燥曲线和干燥速率曲线可知，在恒定干燥条件下，干燥过程可分为如下三个阶段。

（1）物料预热阶段

当湿物料与热空气接触时，热空气向湿物料传递热量，湿物料温度逐渐升高，一直达到热空气的湿球温度。这一阶段称为预热阶段，如图 1 和图 2 中的 AB 段。

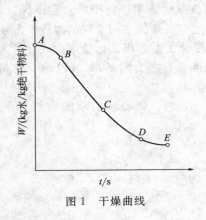

图 1　干燥曲线

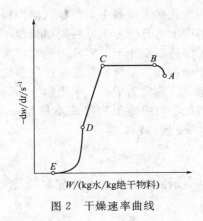

图 2　干燥速率曲线

（2）恒速干燥阶段

由于湿物料表面存在液态的非结合水，热空气传给湿物料的热量，使表面水分在空气湿球温度下不断汽化，并由固相向气相扩散。在此阶段，湿物料的含水量以恒定的速度不断减少。因此，这一阶段称为恒速干燥阶段，如图 1 和图 2 中的 BC 段。

（3）降速干燥阶段

当湿物料表面非结合水已不复存在时，固体内部水分由固体内部向表面扩散后汽化，或者汽化表面逐渐内移，因此水分的汽化速度受内扩散速度控制，干燥速度逐渐下降，一直达到平衡含水量而终止。因此这个阶段称为降速干燥阶段，如图 1 和图 2 中的 CDE 段。

在一般情况下，第 1 阶段相对于后两阶段所需时间要短得多，因此一般可忽略不计，或归入 BC 段一并考虑。根据固体物料特性和干燥介质的条件，第 2 阶段与第 3 阶段所需干燥时间长短不一，甚至有时可能不存在其中某一阶段。

第 2 阶段与第 3 阶段干燥速率曲线的交点称为干燥过程的临界点，该交点上的含水量称为临界含水量。

干燥速率曲线中临界点的位置，也即临界含水量的大小，受众多因素的影响。它受固体物料的特性，物料的形态和大小，物料的堆积方式，物料与干燥介质的接触状态以及干燥介质的条件（温度、湿度和风速）等因素的复杂影响。例如，同样的颗粒状固体物料在相同的干燥介质条件下，在流化床干燥器中干燥较在固定床中干燥的临界含水量要低。因此，在实验室中模拟工业干燥器，测定干燥过程临界点和临界含水量、干燥曲线和干燥速率曲线，具有十分重要意义。

三、实验装置

流化干燥实验装置由流化床干燥器、空气预热器、风机和空气流量与温度的测量与控制仪表等几个部分组成。该实验的装置流程如图 3 所示。

空气由风机经孔板流量计和空气预热器进入流化床干燥器。热空气由干燥器底部鼓入，经分布板分布后，进入床层将固体流化并进行干燥。湿空气由器顶排出，经扩大段沉降和过滤器过滤后放空。

空气的流量由调节阀和旁路放空阀联合调节，并由孔板流量计计量。热风温度由温度控制仪自动控制，并数字显示床层温度。

固体物料采用间歇操作方式，由干燥器顶部加入，试验结束后，在流化状态下由下部卸料口流出。分析用试样由采样器定时采集。

流化床干燥器的床层压降由 U 形压差计测取。

四、实验方法

① 将硅胶颗粒用纯水浸透，沥去多余水分，密闭静置 1～2h 后待用。将称量瓶洗净、

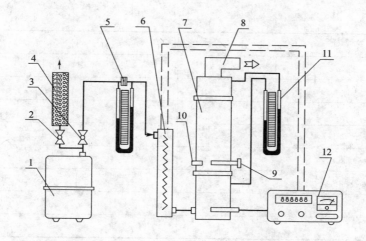

图 3 测定流化床干燥器干燥曲线的实验装置流程

1—风机；2—放空阀门；3—调节阀；4—消声器；5—孔板流量计；6—空气预热器；7—流化床
干燥器；8—排气口；9—采样器；10—卸料口；11—U 形压差计；12—温度控制与测量仪

烘干，并称量后，放入保干器中待用。

② 完全开启放空阀门，并关闭干燥器的入口调节阀，然后启动风机。按预定的风量缓慢调节风量（风机上的旋钮、放空阀和入口调节阀三者联合调节）。本实验的风量一般控制在 30m³/h 左右为宜。

③ 每次采集的试样放入称量瓶后，迅速将盖盖紧。用天平称取各瓶质量后，放入烘箱在 150～170℃下烘 2～4h。烘干后将称量瓶放入保干器中，冷却后再称质量。

④ 实验完毕，先关闭电热器，直至床层温度冷却至接近室温时，打开卸料口收集固体颗粒于容器中待用。然后，依次打开放空阀，关闭入口调节阀，关闭风机，最后切断电源。

若欲测定不同空气流量或温度下的干燥曲线，则可重复上述实验步骤进行实验。

五、实验结果

1. 测量并记录实验基本参数

（1）流化床干燥器

床层内径 $d = 100$mm　　　　　静床层高度 $H_m = \underline{\quad\quad}$ mm

（2）固体物料

固体物料种类：$\underline{\quad\quad}$　　　　颗粒平均直径 $d_p = 1.5$mm

湿分种类：$\underline{\quad\quad}$

起始湿含量 $W_0 = \underline{\quad}$ kg 水/kg 绝干料

（3）孔板流量计

孔内径 $d_0 = 18$mm　　　　　　管内径 $d_1 = 26$mm

孔流系数 $C_0 = 0.64$

2. 记录实验数据

（1）实验条件

操作压力 $p = \underline{\quad\quad}$ MPa　　　　空气流量计读数 $R_0 = \underline{\quad\quad}$ mmH₂O

空气流量 $V_{s,0} = \underline{\quad\quad}$ m³/s　　　空气的空塔速度 $u_0 = \underline{\quad\quad}$ m/s

空气的入塔温度 $T_1 = \underline{\quad\quad}$ ℃　　　流化床的流化高度 $H_f = \underline{\quad\quad}$ mm

流化床的膨胀比 $R = \underline{\quad\quad}$

（2）实验数据

干燥时间 t/min	
床层温度 T_b/℃	
床层压降 Δp/mmH$_2$O	
称量瓶重 m_v/g	
湿试样毛重 $(m_c+m_w+m_v)$/g	
干试样毛重 (m_c+m_v)/g	
湿试样净重 (m_c+m_w)/g	
干试样净重 m_c/g	
试样中水的质量 m_w/g	

3. 参考下表整理实验数据

干燥时间 t/min	
物料湿含量 W/（kg 水/kg 绝干料）	

4. 将在一定干燥条件下测得的实验数据，标绘出干燥曲线（W-t 曲线）和床层温度变化曲线（T_b-t 曲线）。

5. 由干燥曲线标绘干燥速率曲线。

6. 根据实验结果确定临界点和临界湿含量。

实验 9　化工流动过程综合实验

一、实验目的

1. 测定实验管路内流体流动的直管阻力和直管摩擦系数 λ。

2. 测定实验管路内流体流动的直管摩擦系数 λ 与雷诺数 Re 和相对粗糙度之间的关系曲线。

3. 在本实验压差测量范围内，测量阀门的局部阻力系数 ζ。

4. 练习离心泵的操作。测定某型号离心泵在一定转速下，H（扬程）、N（轴功率）、η（效率）与 Q（流量）之间的特性曲线。

5. 测定流量调节阀某一开度下管路特性曲线。

6. 了解文丘里及涡轮流量计的构造及工作原理。

7. 测定节流式流量计（文丘里）的流量标定曲线。

8. 测定节流式流量计的雷诺数 Re 和流量系数 C 的关系。

二、设备的主要技术数据

1. 流体阻力

（1）被测直管段

光滑管管径 $d=0.0080$m　管长 $L=1.70$m　材料：不锈钢

粗糙管管径 $d=0.010$m　管长 $L=1.70$m　材料：不锈钢

（2）玻璃转子流量计

型　　号	测量范围	精度
LZB-25	100～1000L/h	1.5
LZB-10	10～100L/h	2.5

（3）压差传感器　型号 LXWY；测量范围 200kPa。

（4）数显表　型号 501；测量范围 0～200kPa。

（5）离心泵　型号 WB70/055；流量 20～200L/h；扬程 19～13.5m；电机功率 550W；电流 1.35A；电压 380V。

2. 流量计测量

涡轮流量计（单位：m^3/h）。

文丘里流量计：文丘里喉径 0.020m；实验管路管径 0.045m。

3. 离心泵

① 离心泵流量 $Q=4m^3/h$，扬程 $H=8m$，轴功率 $N=168W$。

② 真空表测压位置管内径 $d_1=0.025m$。

③ 压强表测压位置管内径 $d_2=0.045m$。

④ 真空表与压强表测压口之间的垂直距离 $h_0=0.42m$。

⑤ 电机效率为 60%。

（1）流量测量　涡轮流量计。

（2）功率测量　功率表：型号 PS-139；精度 1.0 级。

（3）泵吸入口真空度的测量　真空表：表盘直径～100mm；测量范围 -0.1～0MPa；精度 1.5 级。

（4）泵出口压力的测量　压力表：表盘直径～100mm；测量范围 0～0.25MPa；精度 1.5 级。

（5）变频器

型号 N2-401-H；规格 0～50Hz。

（6）数显温度计

501BX。

三、实验设备的基本情况

1. 实验设备流程图

2. 实验内容

（1）流体阻力的测量　离心泵 2 将水槽 1 中的水抽出，送入实验系统，经玻璃转子流量计 15、16 测量流量，然后送入被测直管段测量流体流动的阻力，经回流管流回水槽。被测直管段流体流动阻力 Δp 可根据其数值大小分别采用压力传感器 36 或空气-水倒置 U 形管来测量。

（2）流量计、离心泵性能的测定　离心泵 2 将水槽 1 内的水输送到实验系统，用管路调节阀 12 调节流量，流体经大涡轮流量计 10 计量，回到水槽。同时测量文丘里流量计两端的压差、离心泵进出口压力、离心泵电机输入功率。

（3）管路特性的测量　管路调节阀 12 调节流量到某一位置，改变电机频率，测定涡轮流量计的频率，泵入口真空度，泵出口压强。

四、实验方法

1. 流体阻力的测量

① 向储水槽内注蒸馏水，直到水满为止。

② 首先将阀门 7、8、12、14、23、24、25、26、27、28、29、32、33、38 关闭，阀门

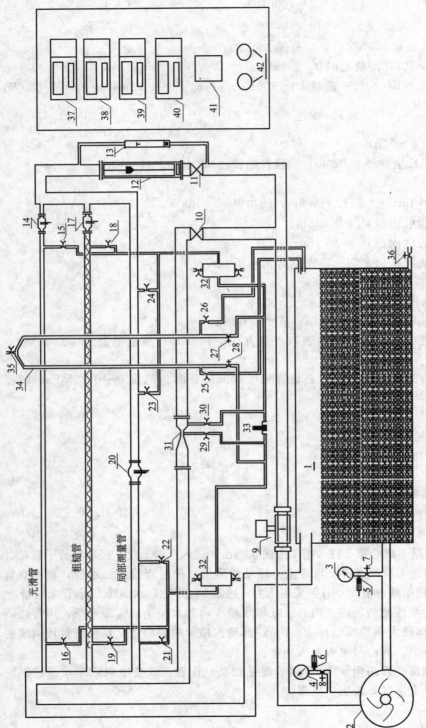

图1　流体综合实验装置流程示意图

1—水箱；2—离心泵；3—真空表；4—压力表；5—真空传感器；6—压力传感器；7—真空表阀；8—压力阀；9—大涡轮流量计；10—管路控制阀；11—流量调节阀；12—大流量计；13—小流量计；14—光滑管阀；15—光滑管测压进口阀；16—光滑管测压出口阀；17—粗糙管进口阀；18—粗糙管测压出口阀；19—粗糙管测压出口阀；20—测局部阻力压力近端进口阀；21—测局部阻力压力近端测压出口阀；22—测局部阻力压力远端出口阀；23—测局部阻力压力近端进口阀；24—测局部阻力压力远端测压进端；25、26—U形管测压进口阀；27—U形汞里；28—U形管测压端进端出、进端；29、30—文丘里测压出、U形管；31—文丘里；32—压力传感器；33—阀U形管；34—倒U形管；35—U形管上端放水阀；36—水箱放空阀；37～40—数显表；41—变频器；42—总电源

18、19、20、21、22、30、31 全开，打开总电源开关，用变频调速器启动离心泵。将流量调节阀 14 缓慢打开，大流量状态下把实验管路中的气泡赶出。

将流量调为 0，关闭 30、31 阀门打开 38 阀门后，分别缓慢打开 28、29 阀们，将 U 形管内液柱降到管中心位子，再关闭阀门 28、29，打开 30、31 阀门，若空气-水倒置 U 形管内两液柱的高度差不为 0，则说明系统内有气泡存在，需赶净气泡方可测取数据。

赶气泡的方法：将流量调至较大，重复步骤②排出导压管内的气泡，直至排净为止。

③ 待管路中气泡排净后开始实验，被测管路阀门全部打开，将不测管路的阀门关闭。

④ 在流量稳定的情况下，测得直管阻力压差。数据顺序可从大流量至小流量，反之也可，一般测 15～20 组数，建议当流量读数小于 200L/h 时，只用空气-水倒置 U 形管测压差。

⑤ 待数据测量完毕，关闭流量调节阀，切断电源。

⑥ 粗糙管、局部阻力测量方法同前。

2. 流量计性能的测定

① 首先将全部阀门关闭。打开总电源开关，用变频调速器启动离心泵。

② 缓慢打开管路控制阀 12 至全开。待系统内流体稳定，即系统内已没有气体，打开文丘里流量计导压管开关及阀门 32、33，在涡轮流量计流量稳定的情况下，测得文丘里流量计两端压差。

③ 测取数据的顺序可从最大流量至 0，或反之。一般测 15～20 组数据。

④ 每次测量应记录：涡轮流量计流量、文丘里流量计两端压差及流体温度。

3. 离心泵性能的测定

① 首先将全部阀门关闭。打开总电源开关，用变频调速器启动离心泵。

② 缓慢打开管路控制阀 12 至全开。待系统内流体稳定，即系统内已没有气体，打开压力表和真空表的开关，方可测取数据。

③ 测取数据的顺序可从最大流量至 0，或反之。一般测 15～20 组数据。

④ 每次测量同时记录：涡轮流量计流量、压力表、真空表、功率表的读数及流体温度。

4. 管路特性的测量

① 首先将全部阀门关闭。打开总电源开关，用变频调速器启动离心泵。将管路控制阀 12 调至某一状态（使系统的流量为一固定值）。

② 调节离心泵电机频率以得到管路特性改变状态。调节范围 50～0Hz。

注：利用变频器上（∧）、（∨）和（RESET）键调节频率，调节完后点击（READ/ENTER）键确认即可。

③ 每改变电机频率一次，记录一下数据：涡轮流量计的流量，泵入口真空度，泵出口压强。

④ 实验结束，关闭调节阀，停泵，切断电源。

五、实验原理

1. 流体阻力的测量

在被测直管段的两取压口之间列柏努利方程，可得：

$$\Delta p_f = \Delta p \tag{9-1}$$

$$h_f = \frac{\Delta p_f}{\rho} = \lambda \frac{L}{d} \frac{u^2}{2} \tag{9-2}$$

$$\lambda = \frac{2d}{L\rho} \frac{\Delta p_f}{u^2} \tag{9-3}$$

$$Re = \frac{du\rho}{\mu} \tag{9-4}$$

式中　　d——管径，m；

　　　　L——管长，m；

　　　　u——流体速度，m/s；

　　　Δp_f——直管阻力引起的压降，N/m²；

　　　　ρ——流体密度，kg/m³；

　　　　μ——流体密度，Pa·s；

　　　　λ——摩擦阻力系数；

　　　Re——雷诺数。

测得一系列流量下的 ΔP_f 之后，根据式(9-1)、式(9-3)计算出不同流速下的 λ 值。用式(9-4)计算出 Re 值，从而整理出 λ-Re 之间的关系，在双对数坐标纸上绘出 λ-Re 曲线。

2. 局部阻力系数 ζ 的测定

$$h'_f = \frac{\Delta p'_f}{\rho} = \zeta \frac{u^2}{2}$$

$$\zeta = \left(\frac{2}{\rho}\right) \times \frac{\Delta p'_f}{u^2}$$

式中　　ζ——局部阻力系数，无因次；

　　　$\Delta p'_f$——局部阻力引起的压强降，Pa；

　　　h'_f——局部阻力引起的能量损失，J/kg。

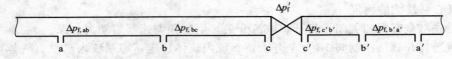

图 2　局部阻力测量取压口布置图

局部阻力引起的压强降 $\Delta p'_f$ 可用下面的方法测量：在一条各处直径相等的直管段上，安装待测局部阻力的阀门，在其上、下游开两对测压口 a—a' 和 b—b'，见图 2，使

$$ab = bc; \qquad\qquad a'b' = b'c'$$

则　　　　　　　　　　$\Delta p_{f,ab} = \Delta p_{f,bc}; \qquad \Delta p_{f,a'b'} = \Delta p_{f,b'c'}$

在 a—a' 之间列柏努利方程式：

$$p_a - p'_a = 2\Delta p_{f,ab} + 2\Delta p_{f,a'b'} + \Delta p'_f \tag{9-5}$$

在 b—b' 之间列柏努利方程式：

$$p_b - p_{b'} = \Delta p_{f,bc} + \Delta p_{f,b'c'} + \Delta p'_f = \Delta p_{f,ab} + \Delta p_{f,a'b'} + \Delta p'_f \tag{9-6}$$

联立式(9-5)和式(9-6)，则：

$$\Delta p'_f = 2(p_b - p_{b'}) - (p_a - p_{a'})$$

为了实验方便，称 $p_b - p_{b'}$ 为近点压差，称 $p_a - p_{a'}$ 为远点压差。用差压传感器来测量。

3. 离心泵性能的测定

(1) 流速的计算　用涡轮流量计算。

(2) H 的测定　在泵的吸入口和压出口之间列柏努利方程

$$Z_\lambda + \frac{p_\lambda}{\rho g} + \frac{u_\lambda^2}{2g} + H = Z_{出} + \frac{p_{出}}{\rho g} + \frac{u_\lambda^2}{2g} + H_{f\lambda-出}$$

$$H = (Z_{出} - Z_\lambda) + \frac{p_{出} - p_\lambda}{\rho g} + \frac{u_{出}^2 - u_\lambda^2}{2g} + H_{f\lambda-出}$$

上式中 $H_{f\lambda-出}$ 是泵的吸入口和压出口之间管路内的流体流动阻力，与柏努力方程中其他项比较，$H_{f入-出}$值很小，故可忽略。于是上式变为：

$$H=(Z_出-Z_入)+\frac{p_出-p_入}{\rho g}+\frac{u_出^2-u_入^2}{2g}$$

将测得的 $Z_出-Z_入$ 和 $p_出-p_入$ 的值以及计算所得的 $u_入$、$u_出$ 代入上式即可求得 H 的值。

（3）N 的测定　功率表测得的功率为电动机的输入功率。由于泵由电动机直接带动，传动效率可视为 1，所以电动机的输出功率等于泵的轴功率。即

$$泵的轴功率＝电动机的输出功率$$
$$电动机的输出功率＝电动机的输入功率×电动机的效率$$
$$泵的轴功率＝功率表的读数×电动机效率$$

（4）η 的测定

$$\eta=\frac{N_e}{N}$$

$$N_e=\frac{HQ\rho g}{1000}=\frac{HQ\rho}{102}$$

式中　η——泵的效率；

$\quad N$——泵的轴功率，kW；

$\quad N_e$——泵的有效功率，kW；

$\quad H$——泵的压头，m；

$\quad Q$——泵的流量，m^3/s；

$\quad \rho$——水的密度，kg/m^3。

4. 流量计的测定

$$Q=CA_0\sqrt{\frac{2\Delta p}{\rho}}$$

$$C_0=Q/A_0\sqrt{\frac{2\Delta p}{\rho}}$$

六、实验数据表和图

表1　流体阻力实验数据记录（光滑管内径 8mm、管长 1.710m）

序号	流量/(L/h)	直管压差 Δp		Δp/Pa	流速 u /(m/s)	Re	λ
		kPa	mmH$_2$O				
1							
2							
3							
4							
5							
6							
7							
8							
9							
10							
11							
12							
13							
14							
15							
16							
17							
18							
19							
20							

表 2　流体阻力实验数据记录（直管内径 10mm、管长 1.71m）

序号	流量/(L/h)	直管压差 Δp		Δp/Pa	流速 u /(m/s)	Re	λ
		kPa	mmH$_2$O				
1							
2							
3							
4							
5							
6							
7							
8							
9							
10							
11							
12							
13							
14							
15							
16							

表 3　离心泵性能测定实验数据记录

序号	涡轮流量计 /(m³/h)	入口压力 p_1 /MPa	出口压力 p_2 /MPa	电机功率 /kW	流量 Q /(m³/h)	压头 h /m	泵轴功率 N /W	η /%
1								
2								
3								
4								
5								
6								
7								
8								
9								
10								
11								
12								
13								
14								

表 4 流量计性能测定实验数据记录

序号	涡轮流量计/(m³/h)	文丘里流量计/kPa	文丘里流量计/Pa	流量 Q/(m³/h)	流速 u/(m/s)	Re	$C0$
1							
2							
3							
4							
5							
6							
7							
8							
9							
10							
11							
12							
13							

表 5 离心泵管路特性曲线

序号	涡轮流量计/(m³/h)	电机频率/Hz	入口压力 p_1/MPa	出口压力 p_2/MPa	流量 Q/(m³/h)	压头 H/m
1						
2						
3						
4						
5						
6						
7						
8						
9						
10						
11						
12						
13						
14						

实验 10 恒压过滤常数测定

一、实验目的

1. 了解板框压滤机的构造、过滤工艺流程和操作方法。

2. 掌握恒压过滤常数 K、q_e、θ_e 的测定方法，加深对 K、q_e、θ_e 的概念和影响因素的理解。

3. 学习滤饼的压缩性指数 s 和物料常数 k 的测定方法。

4. 学习 $\frac{d\theta}{dq}$-q 一类关系的实验确定方法。

二、实验内容

测定不同压力下恒压过滤的过滤常数 K、q_e、θ_e。

三、实验原理

过滤是利用过滤介质进行液-固系统的分离过程，过滤介质通常采用带有许多毛细孔的物质如帆布、毛毯、多孔陶瓷等。含有固体颗粒的悬浮液在一定压力的作用下液体通过过滤介质，固体颗粒被截留在介质表面上，从而使液固两相分离。

在过滤过程中，由于固体颗粒不断地被截留在介质表面上，滤饼厚度增加，液体流过固体颗粒之间的孔道加长，而使流体流动阻力增加。故恒压过滤时，过滤速率逐渐下降。随着过滤进行，若得到相同的滤液量，则过滤时间增加。

恒压过滤方程

$$(q+q_e)^2 = K(\theta+\theta_e) \tag{10-1}$$

式中　q——单位过滤面积获得的滤液体积，m^3/m^2；

q_e——单位过滤面积上的虚拟滤液体积，m^3/m^2；

θ——实际过滤时间，s；

θ_e——虚拟过滤时间，s；

K——过滤常数，m^2/s。

将式（10-1）进行微分可得：

$$\frac{d\theta}{dq} = \frac{2}{K}q + \frac{2}{K}q_e \tag{10-2}$$

这是一个直线方程式，于普通坐标上标绘的 $\frac{d\theta}{dq}$-q 关系，可得直线。其斜率为 $\frac{2}{K}$，截距为 $\frac{2}{K}q_e$，从而求出 K、q_e。至于 θ_e 可由下式求出：

$$q_e^2 = K\theta_e \tag{10-3}$$

当各数据点的时间间隔不大时，$\frac{d\theta}{dq}$ 可用增量之比 $\frac{\Delta\theta}{\Delta q}$ 来代替。

过滤常数的定义式　　　　　　　$$K = 2k\Delta p^{1-s} \tag{10-4}$$

两边取对数

$$\lg K = (1-s)\lg\Delta p + \lg(2k) \tag{10-5}$$

因 $k = \frac{1}{\mu r \nu}$ = 常数，故 K 与 Δp 的关系在对数坐标上标绘时应是一条直线，直线的斜率为 $1-s$，由此可得滤饼的压缩性指数 s，然后代入式（10-4）求物料特性常数 k。

四、实验装置

如图 1 所示，滤浆槽内配有一定浓度的轻质碳酸钙悬浮液（浓度在 2%～4%），用电动搅拌器进行均匀搅拌（浆液不出现旋涡为好）。启动旋涡泵，调节阀门 3 使压力表 5 指示在规定值。滤液在计量桶内计量。

主要仪器技术参数如下。

过滤板：$160mm \times 180mm \times 11mm$。

滤布：过滤面积 $0.0475m^2$。

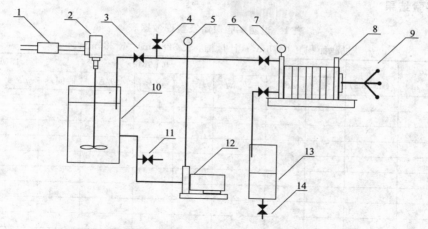

图 1　恒压过滤实验流程示意

1—调速器；2—电动搅拌器；3,4,6,11,14—阀门；5,7—压力表；8—板框过滤板；
9—压紧装置；10—滤液槽；12—旋涡泵；13—计量桶

计量桶：长 328mm、宽 286mm。

五、实验方法及操作步骤

① 系统接上电源，打开搅拌器电源开关，启动电动搅拌器 2。将滤液槽 10 内浆液搅拌均匀。

② 板框过滤机板、框排列顺序为：固定头—非洗涤板—框—洗涤板—框—非洗涤板—可动头。用压紧装置压紧后待用。

③ 使阀门 3 处于全开、阀 4、6、11 处于全关状态。启动旋涡泵 12，调节阀门 3 使压力表 5 达到规定值。

④ 待压力表 5 稳定后，打开过滤入口阀 6 过滤开始。当计量桶 13 内见到第一滴液体时按表计时。记录滤液每增加高度 10mm 时所用的时间。当计量桶 13 读数为 160 mm 时停止计时，并立即关闭入口阀门 6。

⑤ 打开阀门 3 使压力表 5 指示值下降。开启压紧装置卸下过滤框内的滤饼并放回滤浆槽内，将滤布清洗干净。放出计量桶内的滤液并倒回槽内，以保证滤浆浓度恒定。

⑥ 改变压力，从②开始重复上述实验。

⑦ 每组实验结束后应用洗水管路对滤饼进行洗涤，测定洗涤时间和洗水量。

⑧ 实验结束时，阀门 11 接上自来水、阀门 4 接通下水，关闭阀门 3 对泵及滤浆进出口管进行冲洗。

六、注意事项

① 过滤板与框之间的密封垫应注意放正，过滤板与框的滤液进出口对齐。用摇柄把过滤设备压紧，以免漏液。

② 计量桶的流液管口应贴桶壁，否则液面波动影响读数。

③ 实验结束时关闭阀门 3。用阀门 11、4 接通自来水对泵及滤浆进出口管进行冲洗。切忌将自来水灌入储料槽中。

④ 电动搅拌器为无级调速。使用时首先接上系统电源，打开调速器开关，调速钮一定由小到大缓慢调节，切勿反方向调节或调节过快损坏电机。

⑤ 启动搅拌前，用手旋转一下搅拌轴以保证顺利启动搅拌器。

七、实验结果

表1　过滤实验原始及整理数据表

过滤面积 0.0475m²；计量桶：长 328mm、宽 286mm

序号	高度	Δq /(m³/m²)	q_v /(m³/m²)	0.05MPa			0.10MPa			0.15MPa		
				时间/s	$\Delta\theta$/s	$\Delta\theta/\Delta q$	时间 θ/s	$\Delta\theta$/s	$\Delta\theta/\Delta q$	时间/s	$\Delta\theta$/s	$\Delta\theta/\Delta q$
1	50											
2	60											
3	70											
4	80											
5	90											
6	100											
7	110											
8	120											
9	130											
10	140											
11	150											

表2　计算结果

序号	斜率	截距	压差/Pa	$K/[m³/(m² \cdot s)]$	$q_e/(m³/m²)$	θ_e/s
1						
2						
3						

物料常数 $k=$ 　　　　;压缩性指数 $s=$

八、计算

以压差_____的数据为例

(1) q 的计算

(2) Δq 的计算

(3) $\Delta\theta$ 的计算

(4) $\Delta\theta/\Delta q$ 的计算

(5) 由图解法求 K、q_e、θ_e

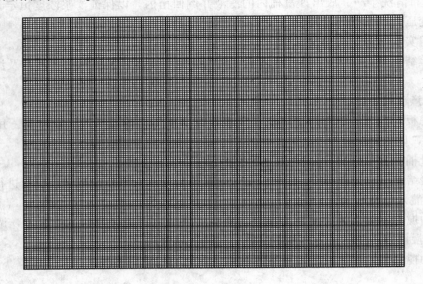

（6）恒压过滤常数测定值的汇总表

过滤压差/MPa				
K				
q_e				
θ_e				

（7）由 K-Δp 图求算 s 和 k

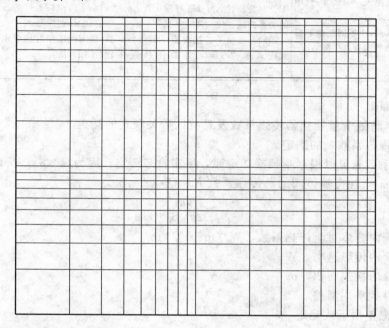

九、实验结果与分析

① 过滤压差由小到大时，实验测得的 K、q_e、θ_e 值的变化规律的特点是什么？为什么？

② 若过滤压强增加 1 倍，得到同样的滤液量所需的时间是否也减小一半？

③ 滤浆浓度和过滤压强对 K 有何影响？

实验 11 传热综合实验

一、实验目的

1. 通过对空气-水蒸气简单套管换热器的实验研究，掌握对流传热系数 α_i 的测定方法，加深对其概念和影响因素的理解。并应用线性回归分析方法，确定关联式 $Nu = ARe^m Pr^{0.4}$ 中常数 A、m 的值。

2. 通过对管程内部插有螺旋线圈的空气-水蒸气强化套管换热器的实验研究，测定其特征数关联式 $Nu = BRe^m$ 中常数 B、m 的值和强化比 Nu/Nu_0，了解强化传热的基本理论和基本方式。

3. 了解套管换热器的管内压降 Δp 与 Nu 之间的关系。

4. 通过对几种各具特点、不同形式的热电偶线路的实验研究，掌握热电偶的基本理论以及第三导线、补偿导线的概念，了解热电偶正确的使用方法。

二、实验内容与要求

实验内容与要求	实验1	实验2	实验3
	①测定5~6个不同流速下简单套管换热器的对流传热系数 α_i ②对 α_i 的实验数据进行线性回归，求关联式 $Nu=ARe^mPr^{0.4}$ 中常数 A、m 的值 ③测定5~6个不同流速下简单套管换热器的管内压降 Δp_1	①测定5~6个不同流速下强化套管换热器的对流传热系数 α_i ②对 α_i 的实验数据进行线性回归，求关联式 $Nu=BRe^m$ 中常数 B、m 的值 ③测定5~6个不同流速下强化套管换热器的管内压降 Δp_2。并在同一坐标系下绘制普通管 Δp_1-Nu 与强化管 Δp_2-Nu 的关系曲线。比较实验结果 ④同一流量下，按实验一所得特征数关联式求得 Nu_0，计算传热强化比 Nu/Nu_0	①在热电偶热端恒定不变的情况下测量1~7号线路的热点势，观察不同线路热电偶的变化 ②同时测量4号（5号）线路在 $t_{4a}=t_{4b}$、$t_{4a}>t_{4b}$、$t_{4a}<t_{4b}$（$t_{5a}=t_{5b}$、$t_{5a}>t_{5b}$、$t_{5a}<t_{5b}$）时的热电势 ③分别测量8号线路补偿导线在两种不同接法时的热电势，确定正确的连接方法

三、实验原理

1. 实验1 普通套管换热器传热系数及其特征数关联式的测定

（1）对流传热系数 α_i 的测定

对流传热系数 α_i 可以根据牛顿冷却定律，用实验来测定。因为 $\alpha_i \ll \alpha_o$，所以传热管内的对流传热系数 $\alpha_i \approx$ 热冷流体间的总传热系数 $K=Q_i/(\Delta t_m S_i)$

$$\alpha_i \approx \frac{Q_i}{\Delta t_m S_i} \tag{11-1}$$

式中　α_i——管内流体对流传热系数，$W/(m^2 \cdot ℃)$；

　　　Q_i——管内传热速率，W；

　　　S_i——管内换热面积，m^2；

　　　Δt_m——对数平均温差，$℃$。

对数平均温差由下式确定

$$\Delta t_m = \frac{(t_w-t_{i1})-(t_w-t_{i2})}{\ln \dfrac{t_w-t_{i1}}{t_w-t_{i2}}} \tag{11-2}$$

式中　t_{i1}，t_{i2}——冷流体的入口、出口温度，$℃$；

　　　t_w——壁面平均温度，$℃$。

因为换热器内管为紫铜管，其热导率很大，且管壁很薄，故认为内壁温度、外壁温度和壁面平均温度近似相等，用 t_w 来表示，由于管外使用蒸汽，近似等于热流体的平均温度。

管内换热面积

$$S_i = \pi d_i L_i \tag{11-3}$$

式中　d_i——内管管内径，m；

　　　L_i——传热管测量段的实际长度，m。

由热量衡算式

$$Q_i = W_i c_{pi}(t_{i2}-t_{i1}) \tag{11-4}$$

其中质量流量由下式求得

$$W_i = \frac{V_i \rho_i}{3600} \tag{11-5}$$

式中　V_i——冷流体在套管内的平均体积流量，m^3/h；

　　　c_{pi}——冷流体的定压比热容，$kJ/(kg \cdot ℃)$；

ρ_i——冷流体的密度，kg/m^3。

c_{pi} 和 ρ_i 可根据定性温度 t_m 查得，$t_m = \dfrac{t_{i1}+t_{i2}}{2}$ 为冷流体进出口平均温度。t_{i1}、t_{i2}、t_w、V_i 可采取一定的测量手段得到。

（2）对流传热系数特征数关联式的实验确定

流体在管内作强制湍流，被加热状态，特征数关联式的形式为

$$Nu_i = ARe_i^m Pr_i^n \tag{11-6}$$

其中：$Nu_i = \dfrac{\alpha_i d_i}{\lambda_i}$，$Re_i = \dfrac{u_i d_i \rho_i}{\mu_i}$，$Pr_i = \dfrac{c_{pi}\mu_i}{\lambda_i}$

物性数据 λ_i、c_{pi}、ρ_i、μ_i 可根据定性温度 t_m 查得。经过计算可知，对于管内被加热的空气，普兰特数 Pr_i 变化不大，可以认为是常数，则关联式的形式简化为：

$$Nu_i = ARe_i^m Pr_i^{0.4} \tag{11-7}$$

这样通过实验确定不同流量下的 Re_i 与 Nu_i，然后用线性回归方法确定 A 和 m 的值。

2. 实验 2　强化套管换热器传热系数、特征数关联式及强化比的测定

强化传热又被学术界称为第二代传热技术，它能减小初设计的传热面积，以减小换热器的体积和重量；提高现有换热器的换热能力；使换热器能在较低温差下工作；并且能够减少换热器的阻力以减少换热器的动力消耗，更有效地利用能源和资金。强化传热的方法有多种，本实验装置是采用在换热器内管插入螺旋线圈的方法来强化传热的。

螺旋线圈的结构如图 1 所示，螺旋线圈由直径 3mm 以下的铜丝和钢丝按一定节距绕成。将金属螺旋线圈插入并固定在管内，即可构成一种强化传热管。在近壁区域，流体一面由于螺旋线圈的作用而发生旋转，一面还周期性地受到线圈的螺旋金属丝的扰动，因而可以使传热强化。由于绕制线圈的金属丝直径很细，流体旋流强度也较弱，所以阻力较

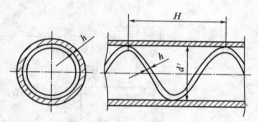

图 1　螺旋线圈强化管内部结构

小，有利于节省能源。螺旋线圈是以线圈节距 H 与管内径 d 的比值以及管壁粗糙度（$2d/h$）为主要技术参数，且长径比是影响传热效果和阻力系数的重要因素。科学家通过实验研究总结了形式为 $Nu = BRe^m$ 的经验公式，其中 B 和 m 的值因螺旋丝尺寸不同而不同。

在本实验中，采用**实验 1** 中的实验方法确定不同流量下的 Re_i 与 Nu_i，用线性回归方法可确定 B 和 m 的值。

单纯研究强化手段的强化效果（不考虑阻力的影响），可以用强化比的概念作为评判准则，它的形式是 Nu/Nu_0，其中 Nu 是强化管的努塞尔数，Nu_0 是普通管的努塞尔数。显然，强化比 $Nu/Nu_0 > 1$，而且它的值越大，强化效果越好。需要说明的是，如果评判强化方式的真正效果和经济效益，则必须考虑阻力因素，阻力系数随着换热系数的增加而增加，从而导致换热性能的降低和能耗的增加，只有强化比较高，且阻力系数较小的强化方式，才是最佳的强化方法。

3. 实验 3　热电偶线路的形式和特点

理论上，由 A、B 两种不同金属丝直接接触组成的热电偶的热电势，是两个热电极的材料和冷热两端温度的函数，即

$$E_{AB}(t_0, T) = f(A, B, t_0, T) \tag{11-8}$$

热电偶回路具有特有的基本定律。根据这些基本定律，在使用中又有第三导线、补偿导线等特殊用法。本实验要求从具体的实验结果数据中总结正确的结论，验证其基本规律，并熟悉热电偶线路、第三导线及补偿导线的正确连接方法。

四、实验装置

1. 实验流程图及基本结构参数

如图2及图3所示，实验装置的主体是两根平行的套管换热器，内管为紫铜材质，外管为不锈钢管，两端用不锈钢法兰固定。实验的蒸汽发生釜为电加热釜，内有2根2.5kW螺旋形电加热器，用200V电压加热（可由固态调压器调节）。气源选择XGB-2型旋涡气泵，使用旁路调节阀调节流量。蒸汽空气上升管路，使用三通和球阀分别控制气体进入两个套管换热器。

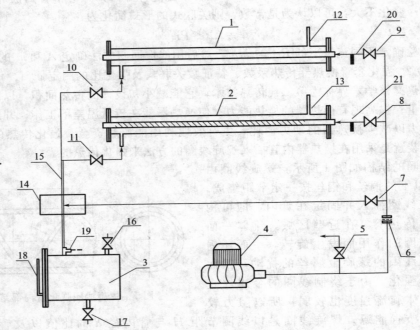

图2 空气-水蒸气传热综合实验装置流程（第1～6套）

1—普通套管换热器；2—内插有螺旋线圈的强化套管换热器；3—蒸汽发生器；4—旋涡气泵；5—旁路调节阀；6—孔板流量计；7～9—空气支路控制阀；10，11—蒸汽支路控制阀；12，13—蒸汽放空口；14—传热系数分布实验套盒（本实验不使用）；15—紫铜管；16—加水口；17—放水口；18—液位计；19—热点偶温度测量实验测试点接口；20—普通管测压口；21—强化管测压口

空气由旋涡气泵吹出，由旁路调节阀调节，经孔板流量计，由支路控制阀选择不同的支路进入换热器。管程蒸汽由加热釜发生后自然上升，经支路控制阀选择逆流进入换热器壳程，由另一端蒸汽出口自然喷出，达到逆流换热的效果。空气经支路控制阀7后，进入蒸汽发生器上升主管路上的热电偶和传热系数分布实验管，可完成热电偶原理实验。

装置结构参数表1所示。

2. 实验的测量手段

（1）空气流量的测量 空气主管路由孔板与差压变送器和二次仪表组成空气流量计，孔板流量计为标准设计，其流量计算式为

第①～④、⑥套实验装置

$$V_{t_0} = 21.64 \times \sqrt{\frac{\Delta p}{\rho_{t_0}}} \tag{11-9}$$

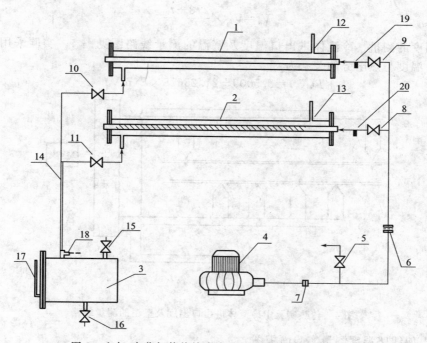

图 3 空气-水蒸气传热综合实验装置流程（第 7、8 套）

1—普通套管换热器；2—内插有螺旋线圈的强化套管换热器；3—蒸汽发生器；4—旋涡气泵；
5—旁路调节阀；6—孔板流量计；7—温度计；8,9—空气支路控制阀；10,11—蒸汽支路
控制阀；12,13—蒸汽放空口；14—蒸汽上升主管路；15—加水口；16—放水口；
17—液位计；18—冷凝液回流口；19—普通管测压口；20—强化管测压口

表 1 实验装置结构参数

实验内管内径 d_i/mm		16.00
实验内管外径 d_o/mm		17.92
实验外管内径 D_i/mm		50
实验外管外径 D_o/mm		52.5
总管长（紫铜内管）L/m		1.30
测量段长度 l/m		1.10
加热釜	操作电压	$\leqslant 200\text{V}$
	操作电流	$\leqslant 20\text{A}$

第⑤套实验装置

$$V_{t_0} = 21.42 \times \sqrt{\frac{R}{\rho t_0}} \qquad (11\text{-}10)$$

第⑦、⑧套实验装置

$$V_{t_0} = 23.80 \sqrt{\frac{\Delta p}{\rho t_0}} \qquad (11\text{-}11)$$

式中　Δp——孔板流量计两端压差，kPa；

　　　R——孔板流量计两端压差，mH_2O 柱；

　　　t_0——流量计处温度（本实验装置为空气入口温度），℃；

　　　ρ_0——t_0 时的空气密度，kg/m^3。

由于被测管段内温度的变化，还需对体积流量进行进一步的校正

$$V_i = V_{t_0} \times \frac{273 + t_m}{273 + t_0} \tag{11-12}$$

（2）温度的测量　冷流体进出口温度及壁温的测量线路图见图 4。实验采用铜-康铜热电偶测温，温度与热电势的关系为

$$T(℃) = 8.5009 + 21.25678 \times E(mV) \tag{11-13}$$

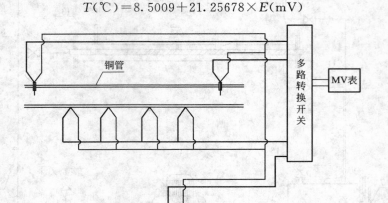

图 4　传热实验中冷流体进出口温度及壁温的测量线路

3. 热电偶线路温度测量实验面板图

观察热电偶线路的连接特点，注意毫伏电压表的铜导线、第三导线和补偿导线的连接位置以及毫伏电压表的安装位置各不相同，且各具特点，见图 5。

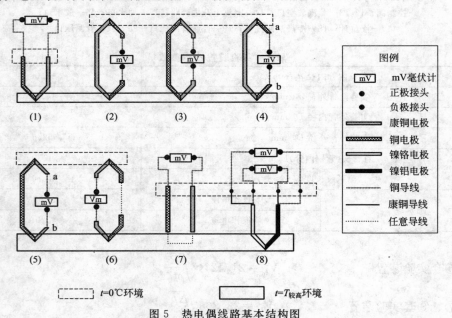

图 5　热电偶线路基本结构图

五、注意事项

① 由于采用热电偶测温，所以实验前要检查冰桶中是否有冰水混合物共存。检查热电偶的冷端，是否全部浸没在冰水混合物中。

② 检查蒸汽加热釜中的水位是否在正常范围内。特别是每个实验结束后，进行下一实验之前，如果发现水位过低，应及时补给水量。

③ 必须保证蒸汽上升管线的畅通。即在给蒸汽加热釜电压之前，两蒸汽支路控制阀（如图 2 及图 3 所示）之一必须全开。在转换支路时，应先开启需要的支路阀，再关闭另一侧，且开启和关闭控制阀必须缓慢，防止管线截断或蒸汽压力过大突然喷出。

④ 必须保证空气管线的畅通。即在接通风机电源之前，三个空气支路控制阀之一和旁路调节阀（如图 2 及图 3 所示）必须全开。在转换支路时，应先关闭风机电源，然后开启和关闭控制阀。

⑤ 调节流量后，应至少稳定 5～10min 后读取实验数据。

⑥ 实验中保持上升蒸汽量的稳定，不应改变加热电压，且保证蒸汽放空口一直有蒸汽放出。

六、报告内容

① 实验 1 的原始数据表、数据结果表（换热量、传热系数、各特征数以及重要的中间计算结果）、特征数关联式的回归过程、结果与具体的回归方差分析，并以其中一组数据的计算举例。

② 实验 2 的原始数据表、数据整理表（换热量、传热系数、各特征数、Nu_0 和强化比，还包括重要的中间计算结果）、特征数关联式的回归结果。

③ 在同一双对数坐标系中绘制实验 1、实验 2 的 Nu-Re 关系图。

④ 在同一坐标系中绘制实验 1、实验 2 的 Δp-Nu 关系图。

⑤ 对实验结果进行分析与讨论。

⑥ 对实验 3 的数据表进行比较与讨论：

a. 1～7 号线路的结构特点和实验结果；

b. 4、5 号线路的结构特点和实验结果；

c. 8 号线路的结构特点和实验结果。

实验 12 精馏实验

一、实验目的

1. 充分利用计算机采集和控制系统具有的快速、大容量和实时处理的特点，进行精馏过程多实验方案的设计，并进行实验验证，得出实验结论，以掌握实验研究的方法。

2. 学会识别精馏塔内出现的几种操作状态，并分析这些操作状态对塔性能的影响。

3. 学习精馏塔性能参数的测量方法，并掌握其影响因素。

4. 测定精馏过程的动态特性，提高学生对精馏过程的认识。

二、实验内容

本实验为设计型实验，学生应在教师的协助下，独立设计出完整的实验方案，并自主实施。必须进行的实验内容为①～③，可供选做的实验内容为④～⑦，最少从中选做一个。

① 研究开车过程中，精馏塔在全回流条件下，塔顶温度等参数随时间的变化情况。

② 测定精馏塔在全回流、稳定操作条件下，塔体内温度沿塔高的分布。

③ 测定精馏塔在全回流和某一回流比连续精馏时，稳定操作后的全塔理论塔板数、总板效率和塔体内温度沿塔高的分布。

④ 在部分回流、稳定操作条件下，测定塔体内温度沿塔高的分布和塔顶浓度随回流比的变化情况。

⑤ 在部分回流、稳定操作条件下，测定塔体内温度沿塔高的分布和塔顶浓度随进料流量的变化情况。

⑥ 在部分回流、稳定操作条件下，测定塔体内温度沿塔高的分布和塔顶浓度随进料组

成的变化情况。

⑦ 在部分回流、稳定操作条件下，测定塔体内温度沿塔高的分布和塔顶浓度随进料热状态的变化情况。

三、实验原理

对于二元物系，如已知其汽液平衡数据，则根据精馏塔的原料液组成、进料热状况、操作回流比及塔顶馏出液组成、塔底釜液组成可以求出该塔的理论板数 N_T。按照式(12-1)可以得到总板效率 E_T，其中 N_P 为实际塔板数。

$$E_T = \frac{N_T}{N_P} \times 100\% \tag{12-1}$$

部分回流时，进料热状况参数的计算式为

$$q = \frac{c_{pm}(t_{BP} - t_F) + r_m}{r_m} \tag{12-2}$$

式中　t_F——进料温度，℃；

　　　t_{BP}——进料的泡点温度，℃；

　　　c_{pm}——进料液体在平均温度 $(t_F + t_P)/2$ 下的比热容，kJ/(kmol·℃)；

　　　r_m——进料液体在其组成和泡点温度下的汽化潜热，kJ/kmol。

$$c_{pm} = c_{p1} M_1 x_1 + c_{p2} M_2 x_2, \tag{12-3}$$

$$r_m = r_1 M_1 x_1 + r_2 M_2 x_2, \tag{12-4}$$

式中　c_{p1}, c_{p2}——纯组分 1 和组分 2 在平均温度下的比热容，kJ/(kg·℃)；

　　　r_1, r_2——纯组分 1 和组分 2 在泡点温度下的汽化潜热，kJ/kg；

　　　M_1, M_2——纯组分 1 和组分 2 的质量，kg/kmol；

　　　x_1, x_2——纯组分 1 和组分 2 在进料中的摩尔分数。

四、实验装置的流程

实验室共有 8 套筛板精馏塔可供实验用，实验装置流程示意如图 1 所示。

筛板精馏塔的主要参数为：塔板直径 50mm；板间距 100mm；筛孔直径 2mm；开孔率 6.6%；塔板数 7（第五套设备为 9）；进料板位置为从塔顶开始第 5、6 板；进料槽数量 2；进料泵最大流量 4L/h；进料加热器功率 400W；塔釜最大加热功率 800W。

进料流量与蠕动泵转速的关系

$$V = \frac{r - 0.2993}{21.41} \tag{12-5}$$

式中　V——流量，L/h；

　　　r——转速，r/min。

质量浓度与折射率的关系（30℃）

$$w = 58.84 - 42.61 n_D \tag{12-6}$$

式中　w——质量分率；

　　　n_D——折射率。

可供实验的物系：乙醇/正丙醇。

五、实验步骤举例

以测定乙醇/正丙醇二元物系精馏分离过程全回流条件下全塔效率为例。

1. 实验前准备工作

将阿贝折光仪配套的超级恒温水浴调整运行到所需的温度（30℃），并记下这个温度。配制一定浓度的乙醇/正丙醇混合液，然后加到进料槽中。在精馏塔釜中加入其容积 2/3 的

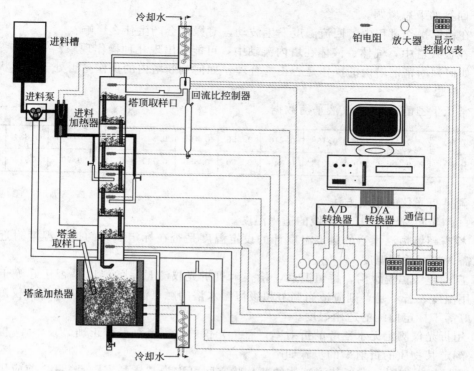

图 1　实验装置流程示意

乙醇/正丙醇混合液。

2. 全回流操作

向塔顶冷凝器通入冷却水，接通塔釜加热器电源，设定加热功率进行加热。当塔釜中液体开始沸腾时，注意观察塔内气液接触状况，当塔顶有液体回流后，适当调整加热功率，使塔内维持正常的操作状态。进行全回流操作至塔顶温度保持恒定 5min 后，在塔顶和塔釜分别取样，用阿贝折光仪测量样品浓度。阿贝折光仪的使用方法见本实验附录。

3. 实验结束后，停止加热，待塔釜温度冷却至室温后，关闭冷却水，一切复原，并打扫实验室卫生，将实验室水电切断后，方能离开实验室。

六、注意事项

① 本实验过程中，要特别注意安全，严禁干烧加热器，以免发生触电事故。

② 本实验用计算机不能作为他用，不能删除和添加任何程序，计算机不能带电插拔外设接口。

③ 开车时必须先接通冷却水，方能进行塔釜加热，停车时则反之。

④ 使用阿贝折光仪测浓度时，一定要按给出的质量百分浓度-折射率关系曲线的要求控制折光仪的测量温度，在读取折射率时，一定要同时记录其测量温度。

七、报告内容

① 画出在全回流条件下，塔顶温度随时间的变化曲线。

② 画出精馏塔在全回流和部分回流、稳定操作条件下，塔体内温度和浓度沿塔高的分布曲线。

③ 计算出全回流和部分回流条件下的总板效率。

④ 写出选做的实验结果。

⑤ 回答如下思考题。

a. 在精馏操作过程中，回流温度发生波动，对操作会产生什么影响？

b. 在板式塔中，气体、液体在塔内流动中，可能会出现几种操作现象？

c. 如何判断精馏塔内的操作是否正常合理？如何判断塔内的操作是否处于稳定状态？

八、附录

1. 常压下乙醇-正丙醇汽液平衡数据

X（摩尔分数）	0	0.126	0.188	0.210	0.358	0.461	0.546	0.600	0.663	0.884	1.000
Y（摩尔分数）	0	0.240	0.318	0.349	0.550	0.650	0.711	0.760	0.799	0.914	1.000

2. 阿贝折光仪的使用方法

① 了解浓度-折射率标定曲线的适用温度。

② 检查超级恒温水浴的触点温度计的设定温度是否在标定曲线的适用温度附近。若不是，则需调整至适用温度。

③ 启动超级恒温水浴，待恒温后，检查阿贝折光仪测量室的温度是否正好等于标定曲线的适用温度。若不是，则应适当调节超级恒温水浴的触点温度计，使阿贝折光仪测量室的温度正好等于标定曲线的适用温度。

④ 用折光仪测定无水乙醇的折射率，看折光仪的"零点"是否正确。

⑤ 测定某物质的折射率的步骤如下。

a. 测量折射率时，放置待测液体的薄片状空间可称为"样品室"。测量之前应用镜头纸将样品室的上下磨砂玻璃表面擦拭干净，以免留有其他物质影响测定的精确度。

b. 在样品室关闭且锁紧手柄的挂钩刚好挂上的状态下，用医用注射器将待测的液体从样品室侧面的小孔注入样品室内，然后立即旋转样品室的锁紧手柄，将样品室锁紧（锁紧即可，但不要用力过大）。

c. 调节样品室下方和竖置大圆盘侧面的反光镜，使两镜筒内的视场明亮。

d. 从目镜中可看到刻度的镜筒叫"读数镜筒"，另一个叫"望远镜筒"。先估计一下样品的折射率数值的大概范围，然后转动竖置大圆盘下方侧面的手轮，将刻度调至样品折射率数值的附近。

e. 转动目镜底部侧面的手轮，使望远镜筒视场中除黑白两色外无其他颜色。在旋转竖置大圆盘下方侧面的手轮，将视场中黑白分界线调至斜十字线的中心（如附图 1 所示）。

f. 读数镜筒中看到的右列刻度读数则为待测物质的折射率数值 n_D（如附图 2 所示）。根据读得的折射率数值 n_D 和样品室的温度，从浓度-折射率标定曲线查该样品的质量分率。

⑥ 要注意保持折光仪的清洁，严禁污染光学零件，必要时可用干净的镜头纸或脱脂棉轻轻地擦拭。如光学零件表面有油垢，可用脱脂棉蘸少许洁净的汽油轻轻地擦拭。

附图 1

附图 2

实验 13 干燥速率曲线测定实验

一、实验目的

1. 掌握干燥曲线和干燥速率曲线的测定方法。
2. 学习物料含水量的测定方法。
3. 加深对物料临界含水量 X_c 的概念及其影响因素的理解。
4. 学习恒速干燥阶段物料与空气之间对流传热系数的测定方法。
5. 学习用误差分析方法对实验结果进行误差估算。

二、实验内容

1. 每组在某固定的空气流量和某固定的空气温度下测量一种物料干燥曲线、干燥速率曲线和临界含水量。
2. 测定恒速干燥阶段物料与空气之间对流传热系数。

三、实验原理

当湿物料与干燥介质相接触时，物料表面的水分开始汽化，并向周围介质传递。根据干燥过程中不同期间的特点，干燥过程可分为两个阶段。

第一个阶段为恒速干燥阶段。在过程开始时，由于整个物料的湿含量较大，其内部的水分能迅速地达到物料表面。因此，干燥速率为物料表面上水分的汽化速率所控制，故此阶段亦称为表面汽化控制阶段。在此阶段，干燥介质传给物料的热量全部用于水分的汽化，物料表面的温度维持恒定（等于热空气湿球温度），物料表面处的水蒸气分压也维持恒定，故干燥速率恒定不变。

第二个阶段为降速干燥阶段，当物料被干燥达到临界湿含量后，便进入降速干燥阶段。此时，物料中所含水分较少，水分自物料内部向表面传递的速率低于物料表面水分的汽化速率，干燥速率为水分在物料内部的传递速率所控制，故此阶段亦称为内部迁移控制阶段。随着物料湿含量逐渐减少，物料内部水分的迁移速率也逐渐减少，故干燥速率不断下降。

恒速段的干燥速率和临界含水量的影响因素主要有：固体物料的种类和性质；固体物料层的厚度或颗粒大小；空气的温度、湿度和流速；空气与固体物料间的相对运动方式。

恒速段的干燥速率和临界含水量是干燥过程研究和干燥器设计的重要数据。本实验在恒定干燥条件下对帆布物料进行干燥，测定干燥曲线和干燥速率曲线，目的是掌握恒速段干燥速率和临界含水量的测定方法及其影响因素。

1. 干燥速率的测定

$$U = \frac{\mathrm{d}W'}{S\mathrm{d}\tau} \approx \frac{\Delta W'}{S\Delta\tau} \tag{13-1}$$

式中　U——干燥速率，kg/(m² · h)；

　　　S——干燥面积，m²，实验室现场提供；

　　　$\Delta\tau$——时间间隔，h；

　　　$\Delta W'$——$\Delta\tau$ 时间间隔内干燥气化的水分量，kg。

2. 物料干基含水量

$$X = \frac{G' - G_c'}{G_c'} \tag{13-2}$$

式中　X——物料干基含水量，kg 水/kg 绝干物料；

　　　G'——固体湿物料的量，kg；

$G_c{}'$——绝干物料量，kg。

3. 恒速干燥阶段，物料表面与空气之间对流传热系数的测定

$$U_c = \frac{\mathrm{d}W'}{S\mathrm{d}\tau} = \frac{\mathrm{d}Q'}{r_{tw}S\mathrm{d}\tau} = \frac{\alpha(t-t_w)}{r_{tw}} \tag{13-3}$$

$$\alpha = \frac{U_c r_{tw}}{t-t_w} \tag{13-4}$$

式中　α——恒速干燥阶段物料表面与空气之间的对流传热系数，W/(m² · ℃)；

U_c——恒速干燥阶段的干燥速率，kg/(m² · s)；

t_w——干燥器内空气的湿球温度，℃；

t——干燥器内空气的干球温度，℃；

r_{tw}——t_w下水的汽化热，J/kg。

4. 干燥器内空气实际体积流量的计算

由节流式流量计的流量公式和理想气体的状态方程式可推导出

$$V_t = V_{t_0} \frac{273+t}{273+t_0} \tag{13-5}$$

式中　V_t——干燥器内空气实际流量，m³/s；

t_0——流量计处空气的温度，℃；

V_{t_0}——常压下 t_0℃时空气的流量，m³/s；

t——干燥器内空气的温度，℃。

$$V_{t_0} = C_0 A_0 \sqrt{\frac{2\Delta p}{\rho}} \tag{13-6}$$

$$A_0 = \frac{\pi}{4} d_0^2 \tag{13-7}$$

式中　C_0——流量计流量系数，$C_0 = 0.67$；

A_0——节流孔开孔面积，m²；

d_0——节流孔开孔直径，$d_0 = 0.050$m；

Δp——节流孔上下游两侧压力差，Pa；

ρ——孔板流量计处 t_0时空气的密度，kg/m³。

四、实验装置

洞道干燥实验流程示意图如图1所示。

干燥器类型：洞道

洞道尺寸：长 1.10m、宽 0.125m、高 0.180m；

加热功率：500～1500W；空气流量：1～5m³/min；干燥温度：40～120℃；

重量传感器显示仪：量程（0～200g），精度 0.2 级；

干球温度计、湿球温度计显示仪：量程（0～150℃），精度 0.5 级；

孔板流量计处温度计显示仪：量程（0～100℃），精度 0.5 级；

孔板流量计压差变送器和显示仪：量程（0～4kPa），精度 0.5 级；

电子秒表绝对误差 0.5s。

五、操作方法

① 将干燥物料（帆布）放入水中浸湿。

② 调节送风机吸入口的新鲜空气进气阀12到全开的位置后启动风机。

③ 用废气排出阀10和废气循环阀11调节到指定的流量后，开启加热电源。在智能仪表中设定干球温度，仪表自动调节到指定的温度。

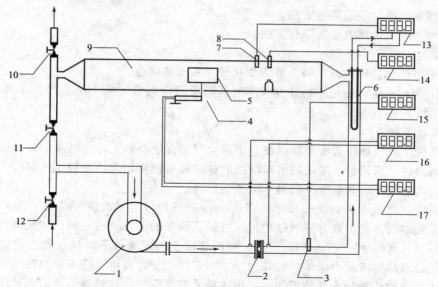

图 1　洞道干燥实验流程示意

1—离心风机；2—孔板流量计；3,15—孔板流量计处温度计显示仪；4,17—重量传感器；5—干燥物料（帆布）；
6—电加热器；7—干球温度计；8,14—湿球温度计显示仪；9—洞道干燥室；10—废气排出阀；11—废气
循环阀；12—新鲜空气进气阀；13—电加热控制仪表；16—孔板流量计压差变送器和显示仪

④ 在空气温度、流量稳定的条件下，用重量传感器测定支架的重量并记录下来。

⑤ 把充分浸湿的干燥物料（帆布）5 固定在重量传感器 4 上并与气流平行放置。

⑥ 在稳定的条件下，记录干燥时间每隔 2min 干燥物料减轻的重量。直至干燥物料的重量不再明显减轻为止。

⑦ 变空气流量或温度，重复上述实验。

⑧ 关闭加热电源，待干球温度降至常温后关闭风机电源和总电源。

⑨ 实验完毕，一切复原。

六、注意事项

① 重量传感器的量程为（0～200g），精度较高。在放置干燥物料时务必要轻拿轻放，以免损坏仪表。

② 干燥器内必须有空气流过才能开启加热，防止干烧损坏加热器，出现事故。

③ 干燥物料要充分浸湿，但不能有水滴自由滴下，否则将影响实验数据的正确性。

④ 实验中不要改变智能仪表的设置。

七、报告内容

① 根据实验结果绘制出干燥曲线、干燥速率曲线，并得出恒定干燥速率、临界含水量、平衡含水量。

② 计算出恒速干燥阶段物料与空气之间对流传热系数。

③ 利用误差分析法估算出 α 的误差。

④ 试分析空气流量或温度对恒定干燥速率、临界含水量的影响。

实验 14　萃取塔实验

一、实验目的

1. 了解往复筛板萃取塔的结构。

2. 掌握萃取塔性能的测定方法。

3. 了解萃取塔传质效率的强化方法。

二、实验内容

1. 观察不同往复频率时，塔内液滴变化情况和流动状态。

2. 固定两相流量，测定不同往复频率时萃取塔的传质单元数 N_{OE}、传质单元高度 H_{OE} 及总传质系数 $K_{YE}a$。

三、实验原理

往复筛板萃取塔是将若干层筛板按一定间距固定在中心轴上，由塔顶的传动机构驱动而作往复运动。往复筛板萃取塔的效率与塔板的往复频率密切相关。当振幅一定时，在不发生乳化和液泛的前提下，萃取效率随频率增加而提高。

萃取塔的分离效率可以用传质单元高度 H_{OE} 或理论级当量高度 h_e 表示。影响往复筛板萃取塔分离效率的因素主要有塔的结构尺寸、轻重两相的流量及往复频率和振幅等。对一定的实验设备（几何尺寸一定、类型一定），在两相流量固定条件下，往复频率增加，传质单元高度降低，塔的分离能力增加。对几何尺寸一定的往复筛板萃取塔来说，在两相流量固定条件下，从较低的往复频率开始增加时，传质单元高度降低，往复频率增加到某值时，传质单元将降到最低值，若继续增加往复频率，将会使传质单元高度反而增加，即塔的分离能力下降。

本实验以水为萃取剂，从煤油中萃取苯甲酸，苯甲酸在煤油中的浓度约为 0.2%（质量分数）。水相为萃取相（用字母 E 表示，在本实验中又称连续相、重相），煤油相为萃余相（用字母 R 表示，在本实验中又称分散相）。在萃取过程中苯甲酸部分地从萃余相转移至萃取相。萃取相及萃余相的进出口浓度由容量分析法测定。考虑水与煤油是完全不互溶的，且苯甲酸在两相中的浓度都很低，可认为在萃取过程中两相液体的体积流量不发生变化。

1. 按萃取相计算传质单元数 N_{OE}

$$N_{OE} = \int_{Y_{Et}}^{Y_{Eb}} \frac{dY_E}{Y_E^* - Y_E} \tag{14-1}$$

式中　Y_{Et}——苯甲酸在进入塔顶的萃取相中的质量比组成，kg 苯甲酸/kg 水，本实验中 $Y_{Et}=0$；

　　　Y_{Eb}——苯甲酸在离开塔底萃取相中的质量比组成，kg 苯甲酸/kg 水；

　　　Y_E——苯甲酸在塔内某一高度处萃取相中的质量比组成，kg 苯甲酸/kg 水；

　　　Y_E^*——与苯甲酸在塔内某一高度处萃余相组成 X_R 平衡的萃取相中的质量比组成，kg 苯甲酸/kg 水。

用 Y_E-X_R 图上的分配曲线（平衡曲线）与操作线可求得 $\frac{1}{Y_E^* - Y_E}$-Y_E 关系，再进行图解积分或用辛普森积分可求得 N_{OE}。

2. 按萃取相计算传质单元高度 H_{OE}

$$H_{OE} = \frac{H}{N_{OE}} \tag{14-2}$$

式中　H——萃取塔的有效高度，m；

　　　H_{OE}——按萃取相计算的传质单元高度，m。

3. 按萃取相计算体积总传质系数

$$K_{YE}a = \frac{S}{H_{OE}\Omega} \tag{14-3}$$

式中 S——萃取相中纯溶剂的流量，kg 水/h；

    Ω——萃取塔截面积，m²；

$K_{YE}a$——按萃取相计算的体积总传质系数，$\dfrac{\text{kg 苯甲酸}}{\text{m}^3 \cdot \text{h} \cdot \dfrac{\text{kg 苯甲酸}}{\text{kg 水}}}$。

同理，本实验也可以按萃余相计算 N_{OR}、H_{OR} 及 $K_{XR}a$。

四、实验装置

流程示意如图 1 所示。

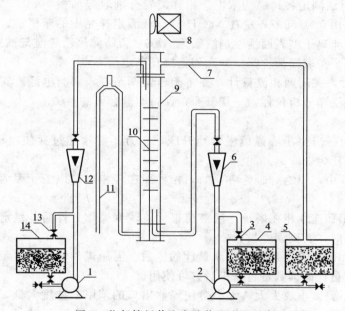

图 1   往复筛板萃取实验装置流程示意

请写出流程图上每个数字标注的名称：

1 _____ ；2 _____ ；3 _____ ；4 _____ ；

5 _____ ；6 _____ ；7 _____ ；8 _____ ；

9 _____ ；10 _____ ；11 _____ ；

12 _____ ；13 _____ ；14 _____ 。

主要设备的技术数据如下。

萃取塔的几何尺寸：塔径 D＝37mm，塔高＝1000mm，塔的有效高度 H＝750mm，

        筛板间距40mm，筛板数16。

流量计：LZB-4 型转子流量计，流量 1～10L/h，精度 1.5 级。

水泵、油泵：CQ 型磁力驱动泵，型号 16CQ-8。

五、实验方法

① 在实验装置最右边的储槽内放满水，在中间的储槽内放满配制好的煤油，分别开动水相和煤油相泵的电闸，将两相的回流阀打开，使其循环流动。

② 全开水转子流量计调节阀，将重相（连续相）送入塔内。当塔内水面快上升到重相入口与轻相出口间中点时，将水流量调至指定值（4～10L/h），并缓慢改变 π 形管高度使塔内液位稳定在轻相出口以下的位置上。

③ 开动电动机，适当地调节变压器使其频率达到指定值。调节频率时应慢慢调节，绝

不能调节过快致使电动机产生"飞转"而损坏设备。

④ 将轻相（分散相）流量调至指定值（4～10L/h），并注意及时调节π形管的高度。在实验过程中，始终保持塔顶分离段两相的相界面位于轻相出口以下。

⑤ 操作稳定半小时后用锥形瓶收集轻相进、出口的样品各约 40mL，重相出口样品约 50mL 备分析浓度之用。

⑥ 取样后，即可改变条件进行另一操作条件下的实验。保持油相和水相流量不变，将往复频率调到另一定数值，进行另一条件下的测试。

⑦ 用容量分析法测定各样品的浓度。用移液管分别取煤油相 10mL，水相 25mL 样品，以酚酞做指示剂，用 0.01mol/L 左右 NaOH 标准液滴定样品中的苯甲酸。在滴定煤油相时应在样品中加数滴非离子型表面活性剂醚磺化 AES（脂肪醇聚乙烯醚硫酸脂钠盐），也可加入其他类型的非离子型表面活性剂，并激烈地摇动滴定至终点。

⑧ 实验完毕后，关闭两相流量计，并将调压器调至零，切断电源。滴定分析过的煤油应集中存放回收。洗净分析仪器，一切复原，保持实验台面的整洁。

六、注意事项

① 调节电压时一定要小心谨慎慢慢地升压，千万不能增速过猛使电动机产生"飞转"损坏设备。最高电压为 30V。

② 在操作过程中，要绝对避免塔顶的两相界面在轻相出口以上。因为这样会导致水相混入油相储槽。

③ 由于分散相和连续相在塔顶、底滞留很大，改变操作条件后，稳定时间一定要足够长，大约要用半小时，否则误差极大。

④ 煤油的实际体积流量并不等于流量计的读数。需用煤油的实际流量数值时，必须用流量修正公式对流量计的读数进行修正后方可使用。

⑤ 煤油流量不要太小或太大，太小会使煤油出口的苯甲酸浓度太低，从而导致分析误差较大；太大会使煤油消耗增加。建议水流量取 4L/h，煤油流量取 6L/h。

七、计算

以第____组数据为例。

(1) 塔底轻相入口浓度 X_{Rb}

(2) 塔顶轻相出口浓度 X_{Rt}

(3) 塔顶重相入口浓度 Y_{Et}

(4) 塔底重相出口浓度 Y_{Eb}

(5) 传质单元数 N_{OE}

在画有平衡曲线的 Y_E-X_R 图上再画出操作线，因为操作线必然通过以下两点：

轻入 $X_{Rb}=$_____   重出 $Y_{Eb}=$_____

轻出 $X_{Rt}=$_____   重入 $Y_{Et}=$_____

所以，在 Y_E-X_R 图上找出以上两点，连接两点即为操作线。在 Y_{Et}～Y_{Eb} 之间，任取一系列 Y_E 值（一般取 10 等分），可用操作线找出一系列的 X_R 值，再用平衡曲线找出一系列对应的 Y_E^* 值并计算出一系列的 $\dfrac{1}{Y_E^*-Y_E}$ 值，见表 1。利用表中数据，根据辛普森积分法可求出传质单元数。

(6) 按萃取相计算的传质单元高度 H_{OE}

(7) 按萃取相计算的体积总传质系数 $K_{YE}a$

表1 Y_E 与 $\dfrac{1}{Y_E^* - Y_E}$ 的数据关系

序 号	Y_E	X_R	Y_E^*	$\dfrac{1}{Y_E^* - Y_E}$
1				
2				
3				
4				
5				
6				
7				
8				
9				
10				
11				

八、实验数据表

表2 往复筛板萃取塔性能测定数据表

装置编号：＿＿＿＿＿　　塔型：＿＿＿＿＿　　塔内径：37mm

溶质 A：＿＿＿＿＿　　稀释剂 B：＿＿＿＿＿　　萃取剂 S：水

连续相：＿＿＿＿＿　　分散相：＿＿＿＿＿　　水相密度：＿＿＿＿＿

油相密度：＿＿＿＿＿　　流量计转子密度 ρ_f：＿＿＿＿＿

塔的有效高度：＿＿＿＿＿　　塔内温度：＿＿＿＿＿

实 验 序 号			1	2
往复频率电压/V				
水转子流量计读数/(L/h)				
煤油转子流量计读数/(L/h)				
校正得到的煤油实际流量/(L/h)				
浓度分析	NaOH 溶液浓度/(mol/L)			
	塔底轻相 X_{Rb}	样品体积/mL		
		NaOH 用量/mL		
	塔顶轻相 X_{Rt}	样品体积/mL		
		NaOH 用量/mL		
	塔底重相 Y_{Bb}	样品体积/mL		
		NaOH 用量/mL		
计算及实验结果	塔底轻相浓度 X_{Rb}/(kgA/kgB)			
	塔顶轻相浓度 X_{Rt}/(kgA/kgB)			
	塔底重相浓度 Y_{Bb}/(kgA/kgB)			
	水流量 S/(kgS/h)			
	煤油流量 B/(kgB/h)			
	传质单元数 N_{OE}(图解积分)			
	传质单元高度 H_{OE}			
	体积总传质系数 $K_{YE}a$/{kgA/[m³·h·(kgA/kgS)]}			

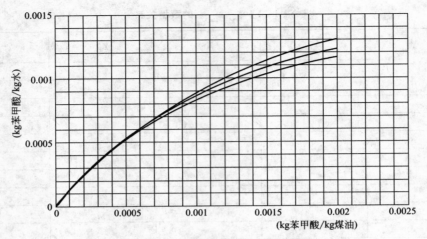

图 2　平衡曲线和操作线（查平衡数据用）

九、平衡曲线和操作线

十、实验结果与分析

① 由实验结果得出，在其他条件不变时，增大往复频率，N_{OE} ＿＿＿＿＿＿＿＿＿＿＿，H_{OE} ＿＿＿＿＿＿＿＿＿，$K_{YE}a$ ＿＿＿＿＿＿＿＿。是否往复频率越大，传质效果越好？

② 在实验流程中水相出口接的 Π 形管起什么作用？

附

由苯甲酸与 NaOH 的化学反应式

$$C_6H_5COOH + NaOH \!=\!=\! C_6H_5COONa + H_2O$$

可知，到达滴定终点（化学计量点）时，被滴物的摩尔数 $n_{C_6H_5COOH}$ 和滴定剂的摩尔数 n_{NaOH} 正好相等。即

$$n_{C_6H_5COOH} = n_{NaOH} = M_{NaOH}V_{NaOH}$$

式中　M_{NaOH}——NaOH 溶液的体积摩尔浓度，mol 溶质/溶液；

　　　V_{NaOH}——NaOH 溶液的体积，mL。

参 考 文 献

[1] 杨祖荣. 化工原理实验. 北京：化学工业出版社，2004.

[2] 雷良恒，潘国昌，郭庆丰. 化工原理实验. 北京：清华大学出版社，1994.

[3] 冯亚云，冯朝伍，张金利. 化工基础实验. 北京：化学工业出版社，2000.

[4] 江体乾. 化工数据处理. 北京：化学工业出版社，1984.

[5] 时钧. 化学工程手册. 第2版. 北京：化学工业出版社，1996.

[6] 刘智敏. 误差分布论. 北京：原子能出版社，1988.

[7] 陈同芸，瞿谷仁，吴乃登. 化工原理实验. 上海：华东化工学院出版社，1993.

[8] 伍钦，邹华生，高桂田. 化工原理实验. 广州：华南理工大学出版社，2001.

[9] 大连理工大学化工原理教研室. 化工原理实验. 大连：大连理工大学出版社，1995.

[10] 夏清，陈常贵. 化工原理（上、下册）. 天津：天津大学出版社，2005.